REVIRAVOLTA

Gustavo Bernardo

REVIRAVOLTA

Copyright © 2007 by Gustavo Bernardo

Direitos desta edição reservados à
EDITORA ROCCO LTDA.
Av. Presidente Wilson, 231 – 8º andar
20030-021 – Rio de Janeiro, RJ
Tel.: (21) 3525-2000 – Fax: (21) 3525-2001
rocco@rocco.com.br
www.rocco.com.br

Printed in Brazil/Impresso no Brasil

CIP-Brasil. Catalogação-na-fonte.
Sindicato Nacional dos Editores de Livros, RJ.

K444r	Krause, Gustavo Bernardo, 1955- Reviravolta / Gustavo Bernardo. – Rio de Janeiro: Rocco, 2007.
	ISBN 978-85-325-2206-1
	1. Ficção brasileira. I. Título.
07-1218	CDD – 869.93 CDU – 821.134.3(81)-3

em memória do meu pai
Hayrton Krause (1928-2007).

Oh Mensch! Gib Acht!
Was spricht die tiefe Mitternacht?

FRIEDRICH NIETZSCHE

Ó Homem! Atenção!
O que diz a profunda meia-noite?

F. N.

§ 1

Apenas no quarto dia Deus criou o dia (e a noite). A contradição nasce no próprio Gênesis. Ao dizer faça-se-a-luz digo também faça-se-o-tempo, se tento recuperar o começo.

§2

Três notícias atropelam a noite e entram pelo portão. Pela primeira notícia o irmão de Pedro acaba de nascer e receber na pia de operações o mesmo nome que ele. Por isso ele precisa agora de um nome sobre o nome que o distinga. Resolvem chamá-lo de Pedro Velho. Seu irmãozinho passa a ser conhecido como Pedro Novo.

Pela segunda notícia a irmã gêmea de Pedro Novo acaba de nascer morta, se é que se pode dizer uma coisa dessas. Ela receberia o nome de Maria da Glória.

Pela terceira notícia a mãe dos dois meninos e da menina que não nasceu acaba de morrer ela mesma em decorrência de complicações provocadas pelo parto dos gêmeos. Era uma morte anunciada.

Surpreende que um dos gêmeos haja sobrevivido.

§3

O irmão de Pedro Velho nasce na noite de dezessete de junho de mil e novecentos e sessenta e dois. A lua, crescente. Uma festa o espera. A igreja o espera. A igreja pontifica sobre os quintais. Ela contém somente uma torre na qual se destaca um grande relógio. Acima do relógio vêem-se aberturas estreitas em formato de ogiva. A partir das aberturas ogivais a torre começa a afunilar, apontando para o céu como se procurasse Deus.

É possível que haja sinos lá dentro e que os sinos sejam tão grandes quanto a igreja parece antiga. Também é possível que nas paredes da torre durmam morcegos perigosos. Os morcegos guardariam pesadelos sob as asas. Sombras nas paredes sugerem esculturas de seres deformados. Trabalho de séculos. Não há luzes na igreja, à exceção do lume azul no interior da torre. À distância o lume deveria ser imperceptível – no entanto, Pedro parece percebê-lo.

Também não há luzes nas casas à volta da igreja, sombras onde não se movem sequer silhuetas, à exceção da casa dos Pedros. Essa casa é a única que conta com uma rosa-dos-ventos no telhado: um galo de metal preto é movido pelo vento. No meio do quintal uma única árvore, pequena, de carambolas. No fundo do quintal, bananeiras e um pequeno quarto que serve como depósito de ferramentas. Gambiarras alternam lâmpadas incandescentes com lanternas de papel. Nas lanternas, velas de cera queimam mechas de barbante.

Do quintal não se vê o portal da igreja, apenas o relógio por sobre os telhados. O relógio é grande mas no escuro não se enxergam as horas. Mesmo sem distinguir as horas, de quando em quando Pedro Velho fixa o olhar na torre. Estranho que alguém olhe para a torre e distinga a luz azul.

Na rua postes de luz amarela iluminam mal os automóveis estacionados: uma Vemaguette amarela, um Plymouth preto, um Volkswagen verde-escuro. O Volkswagen está com um dos pneus furado. O Plymouth, coberto de pó. A Vemaguette, abandonada: a porta do motorista aberta para trás. Atravessados no cruzamento, um Simca Chambord amassado e uma motocicleta caída. É de se supor que os veículos tenham colidido. Na sarjeta, o capacete destruído. Terão levado o motociclista para o hospital e conduzido o motorista do carro para a delegacia. Pedro Velho não pôde sair da casa para ver o acidente. O portão, fechado. O muro, alto.

Pelas roupas que eles usam faz frio mas não muito. Há várias pessoas na casa. No quintal, entre a caramboleira e as bananeiras, algumas pessoas juntam galhos e gravetos para a fogueira. Entre a árvore e a casa três rapazes colam as folhas de um balão relativamente grande.

Chama-se "balão" ao artefato de papel de seda que sobe para o céu quando inflado pela força expansiva do ar. O ar é aquecido pela chama acesa de uma bucha montada no próprio balão. O formato usual de um balão é o de um poliedro de seis faces. Também se fazem balões com outros formatos. Os balões lembram o objetivo dos construtores de igrejas: procurar alguma coisa ou alguém. Todos mandam mensagens codificadas para o desconhecido.

Pedro agora Velho é um menino. Hoje é a noite do seu aniversário de sete anos. Na frente da casa o aniversariante guarda no bolso o soldadinho de chumbo que tinha na mão e solta um balão bem menor do que o dos três rapazes. O artefato menor é chamado de "balão japonês". Pedro Velho quer que o seu balão chegue até a ponta mais alta da torre da igreja. O pequeno balão sobe para o céu tropeçando no vento. O vento é fraco mas suficiente. O balão dá o sinal para começar a festa que acordaria os vizinhos, se vizinho houvesse: sobe, devagar. As mãos do garoto se espalmam uma contra a outra e rezam: vai vai balão, vai vai balão, vai vai balão!

Os três rapazes param o que estavam fazendo, levantam os olhos e acompanham a ascensão. O balão não chega muito alto. Começa a apagar. Talvez desça em outro quintal igual. No entanto, o vento: de repente mais forte. Como? O balão se contorce até lamber em chamas. O fogo ilumina o céu de repente. Mas a luz é rápida: o céu torna a se apagar não sem deixar antes um breve risco de luz. A bucha de algodão e cera desenha a creiom um rápido risco no escuro. No instante seguinte o escuro engole a cor.

Os rapazes riem, fazendo chacota do balão menor que lambeu e do primo menor que o soltou. Eles são primos de Pedro e de seu irmão. Nesse momento o portão se abre.

§4

Der Zeitzaun. Este é o nome apropriado para o modelo. Encontra-se em alemão porque essa é a língua que me deram. No entanto, o registro é feito em português porque o modelo desdobra-se no Brasil. Na língua portuguesa Zeitzaun significa: Cerca-do-Tempo. A Cerca-do-Tempo sugere ou uma borda no tempo ou que o próprio tempo seja ele mesmo uma borda – uma fronteira.

Cercaram-se e condensaram-se os sete anos de Pedro Velho em uma fração de segundo. Ele sabe muito bem que nasceu em mil novecentos e cinqüenta e cinco, cresceu e foi à escola. Mas sabe disso como frases na cabeça. Ele não lembra, nem deveria, do dia do próprio nascimento. Isso o machuca como uma falta grave. O seu nascimento não deixa de ser uma história que as tias lhe teriam contado. Trata-se de acontecimento a que não pôde assistir, de acontecimento prévio à realidade tal como a morte, outra história que sequer lhe poderão contar.

Enquanto ele não nasceu, não pôde ser. Quando morrer também não poderá ser. No intervalo, nascer e morrer são irrealidades. Sua vida limitada e finita caracteriza-se por não ter nem princípio nem fim. Completando sete anos de idade na noite de hoje, seu pensamento não se articula em termos abstratos de finito e infinito. Mas ele se sente ora um sim ora um não, como se ora fosse ora nem. Vivo e presente, somente o balão que devia ter chegado aos céus. Mas o balão foi tomado antes pelas chamas e depois pelo nada, a bucha de algodão e cera desenhando a creiom o risco rápido no escuro. As três notícias caem pouco depois da queda do balão. Elas também riscam a noite enquanto a festa não começa. Os salgados e os refrescos ainda não saíram da cozinha. A vitrola, desligada. As pessoas se arrumam para a festa mas não sorriem. Lenços largos se amarram em volta do pescoço, chapéus de palha se tiram de dentro do baú na varanda. As tias costuram remendos coloridos nas calças de brim dos convidados.

Todos acabam de saber que o irmão de Pedro Velho nasceu e recebeu o nome de Pedro Novo, que a irmã gêmea de Pedro Novo receberia o nome de Maria da Glória mas nasceu morta, e que a mãe das crianças morreu no parto dos gêmeos. Enquanto as três notícias se espalham pelo quintal, Pedro Velho continua olhando o buraco escuro por onde o balão desapareceu. Alguém liga a vitrola que então encrenca e arranha-arranha o disco:

 vou lá tenho medo de
 vou lá tenho medo de
  medo de
  medo de

 As tias todas depressa põem calças compridas pretas por baixo dos vestidos caipiras. Abotoam os botões da camisa de flanela do sobrinho. Abotoam inclusive o botão do colarinho, deixando-o com a sensação familiar de sufocar. Logo elas pegam com a avó, na copa, as bandejas com as brevidades e os sequilhos. Os salgados são postos sobre a mesa armada debaixo do telhado da garagem.
 Para dar espaço à festa o avô deixou o carro na rua. Seu carro é o Plymouth preto. Ele está sentado do lado de fora da garagem numa cadeira de madeira envernizada, o estofamento verde-claro. Segura entre as mãos um cubo que o desafia. O avô não pára de passar o cubo de uma mão para a outra. Enquanto presta atenção no cubo ninguém presta atenção nele.

As tias trazem copos de groselha. A festa comemora o aniversário de Pedro Velho mas a comemoração fica grande demais. A partir desse momento muitos aniversários passam a ser festejados e lamentados juntos: do nascimento do irmão, da morte da irmã e da morte da mãe.

Por causa da lua crescente a noite se mostra claro-escura. De quando em quando balões iluminam o céu por pouco tempo. Na torre da igreja, o vago lume. Os sinos não tocam. Os morcegos não voam. Pedro Velho olha para a torre e pensa na mãe. Lembra bem do rosto da mãe pelos retratos na sala. Ela é muito bonita. Ela era muito bonita. Mas ele não lembra da voz. Sabe vagamente dos abraços, mas como palavras que ouviu dizer.

As tias trazem bandejas de doces. Alguém empurra a agulha da vitrola e corrige o disco. Não chora Pedrinho, lhe pede uma tia enquanto ainda o pode chamar de Pedrinho. Os olhos do garoto permanecem secos, sem sombra de lágrima. Vem meu sobrinho, diz a tia nervosa, experimenta uma mãe-benta.

Mas logo benta?

É o que ele responde. Surpresa, ela presta atenção em uma palavra pela primeira vez na vida. Fica vermelha. Engasga. Ajeita o sutiã e lhe dá um tapa. O tapa é fraco, não dói muito. Um instante antes do tapa, o lado do disco acaba. Por isso todos escutam o barulho do tapa fraco da tia. Parentes e olhares se voltam. Alguns se engasgam. As outras tias ajeitam os próprios sutiãs. Os tios consertam o jeito de dizer, não há o que fazer. Como ele não chora nem com o tapa, tudo permanece bem ainda que mal. A tristeza conformada. A festa, renovada.

Nesse momento o pai aparece como se chegasse direto do hospital. Pedro Velho quer dizer para o pai, ainda bem que não foi você. Mas não se deve dizer uma coisa dessas. Quer perguntar também o que fazer com o buraco: a mãe morta. Mas não se deve perguntar uma coisa dessas.

§ 5

Não há jornais na casa. Ainda assim os convivas comentam os acontecimentos do ano de mil novecentos e sessenta e dois. O presidente de Cuba é excomungado. Portugal e Angola começam uma guerra. O astronauta confirma que a Terra é azul, embora não seja. O presidente brasileiro apresenta as reformas de base. Os galhos da árvore são finos. Enquanto os balões sobem na direção do céu escuro, as carambolas caem no chão do quintal. Carambolas lembram miniaturas de balões japoneses, por sua vez miniaturas dos balões de verdade. O sabor da carambola é amargo, a julgar pela expressão das crianças quando mordem um gomo.

Klatsch: a atriz canta para o amante em Nova York. A cidade de Nova York ainda ostentava a sua estátua. O amante da atriz era o presidente dos Estados Unidos. Na Copa do Mundo de Futebol o Brasil vence o Chile por 4 a 2. Na Alemanha executam um líder nazista. Houve quem ficasse alegre. Houve quem ficasse triste. Há sete dias foi lançado o primeiro satélite de comunicações da história, o Telstar I.

O menino diz, gosto de brincar com carambola mas prefiro comer fruta-de-conde. A preferência é estranha porque ele nunca comeu fruta-de-conde. De todo modo as carambolas se espalham pela terra entre os sapatos dos adultos. Mesmo à noite a caramboleira floresce, dá suas frutas e as deixa cair no cimento rachado do quintal, onde apodrecem.

Pedro Velho acha que as tias não gostam dele porque ele não gosta de carambola. Teresa-tia diz, esse menino não é brasileiro. Quando escuta a sentença da tia o menino sente o difuso orgulho de não ser alguma coisa.

No quintal, os dois cães policiais latem para as sombras. De dia o sol bateria de viés mas ainda assim seria quente. Procuraria os galhos da árvore o sabiá de peito amarelo. Maritacas fariam amor aos gritos. No telhado do vizinho um bem-te-vi denunciaria que bem me viu. Na noite de Zeitzaun, no entanto, esses pássaros não cantam.

Na torre, as telas sobrepõem-se uma à outra. Um pouco mais de contraste. Um pouco mais de brilho. A captação do som é boa. São muitas as telas. Tantas, as perspectivas. Em mil novecentos e sessenta e dois já se fala de hologramas.

§6

A tia mais magra parece um palito sem sorvete. Ela leva Pedro Novo no colo. Entra na casa e sai de casa e passeia pelo quintal e entra de novo na casa e anda pelo corredor e sai de novo da casa. Faz muitas vezes o mesmo percurso. No colo, o bebê. O garoto chora, pedindo o leite que não há. Glicose não basta. Inexistem seios nesta tia e nas demais. Apenas Teresa os tem enormes, a esconder um pouco do pescoço enrugado.

É ela quem chega despachada para derramar açúcar-queimado boca adentro da criança. O menino engasga, golfa e dorme sereno, no rosto desenhando-se sorriso suave, compreensivo. No ombro da tia mais magra, ele sonha com calores líquidos.

O avô continua sentado do lado de fora da garagem. Ele permanece intrigado com o cubo. No lado de dentro da garagem, um padre aborrecido não encontra com quem reclamar de tudo aquilo. Chamaram-no para uma coisa, agora é outra. Não serviram ponche, quanto mais quentão. Veio pronto para fazer com toda a pompa e remendo o casamento na roça mas se vê preso na circunstância de celebrar enterro: revertere ad locum tuum.

O pai insiste que o enterro seja feito no fundo do quintal. O pai não fala mas seus gestos são incisivos. Segundo as tias, o pai sempre fez um silêncio de dó. Mas o enterro da esposa no fundo do quintal, isto ele quer porque quer. Não há meio de convencê-lo do contrário. A família engolindo em seco, no meio da festa o padre, a pá e o corpo.

Na sala de jantar monta-se um velório rápido, os convidados para uma coisa são os mesmos da outra. Oferecem, o café foi feito agorinha. Licor de jenipapo? O avô aceita. Os outros aceitam também. Todos bebem. Enquanto o fazem olham de esguelha para o corpo da mãe sobre a mesa. As roupas escuras, cor de terra molhada. Não há caixão, por ordem silenciosa do pai e com anuência das tias. As tias não podem perder a oportunidade de envolver seu corpo-sobrinha com trabalhadas mortalhas de crochê.

Depois de beberem café com licor de jenipapo, os convivas se dirigem em fila indiana para o local do enterro, levando o corpo envolvido nas diferentes mortalhas. Chegam. A pá cava. O pai continua calado, com o seu desejo costurado dentro do bolso da calça de tergal. As pessoas em volta rezam músicas juninas em toada dengosa, chamando a vontade às falas que a Dona Morte é Rainha. Uma incelença para uma menina, duas incelenças para a sua boneca de porcelana.

A pá cava. A pá parte ao meio as minhocas. Cabeças de verme encaram os comensais. O buraco é pequeno mas o corpo da mãe é menor. Não há lápide. O pai pede a caneta para escrever na própria terra o epitáfio da esposa. Manuseando a caneta como um cinzel antigo, ele escava a terra até escrever "du liegst" – "tu jazes".

Por medo de ofender aos céus, eles fazem o enterro sem pétalas de rosa. Por medo de ofender ao pai, eles fazem o enterro sem discurso de despedida. O padre não diz nem pai nem filho nem espírito santo. O padre é na verdade um judeu que usa a batina como fantasia por causa da festa. À noite todas as cerimônias precisam-se pardas. À noite os parentes trocam piadas e tragédias íntimas. A morte aproxima mais do que o amor, porque é imperioso preencher o tamanho do vazio que fica. Eles voltam para perto da garagem e da mesa dos comes e dos bebes. O avô volta para o seu lugar, onde volta a passar o cubo de uma mão para a outra.

Alguns tentam distinguir as horas no relógio da igreja. Não conseguem. Os homens sentem falta do barulho do sino que não só marcaria as horas como orientaria as orações. As tias sentem falta dos morcegos. Os morcegos trabalham guardando pesadelos. Que os pássaros não cantem e não voem, é compreensível. Que os morcegos continuem presos na torre, não faz sentido. Pensando nos morcegos e nos pesadelos, as tias sentem vontade de se ajoelharem. Constrangidas, não o fazem.

Por breves instantes, abraços são permitidos. Os abraços ora emocionam ora assustam, provocando sombras dentro de sombras. A Pedro Velho, isolam: ele fica preso dentro do cordão de afeto. Mal o deixaram entrever o corpo da mãe e já puseram a venda negra nos seus olhos. É para brincar de zorro, dizem. Um pouco afastado, o outro Pedro acorda para chorar e logo o vendam também. Ele volta a dormir.

Quando consegue se livrar da venda, Pedro Velho se depara com a cova rasa, a cruz de tábuas e a mãe extensa e longa sob os seus pés. A venda se transforma no pano preto que cobre os doces na mesa farta. Pedro Velho volta a enxergar mas esbarra na árvore e tropeça nos pés dos parentes, como se fosse preciso reeducar o cérebro para perceber o quintal. Os outros meninos passam longe. Sim, lá vão eles: anos à distância. Que a mãe deles tenha uma vida longa. A sua agora é uma minhoca partida, corpo sem cartilagem nem ossos, verme corroendo a memória do futuro.

As meninas são prudentemente negadas da festa. Maria da Glória não nasceu. Logo, as meninas não têm com quem brincar. No céu o escuro. Pedro Velho prova um pouco de doce de abóbora com coco. Depois prova mais um pouquinho. Aprende algumas coisas úteis.

Aprende que o prazer é rápido e protege a gente da gente. Aprende que o prazer é uma boca cheia mas fechada para não entrar mosca. Aprende que mulher e mesa farta se esclarecem uma à outra. Aprende que a dor não dói se a fome permanecer debaixo da terra, enquanto se sucedem no prato purê de batata, biscoito maisena, doce de nozes ou brioche de queijo.

Na cozinha permanece a avó, que não poderia ser mais generosa: chamaram-na ao nascer pelo nome de Generosa de Jesus. De Jesus porque, como não tinha pai, o Filho de Deus a adotou. Ela é pequena, fala pouco e cozinha bem. Durante o breve enterro ela permaneceu no seu posto, para onde os parentes retornam.

Um guaraná, ó sinhá? Pamonha ou tapioca, pois não, ó sim. De formas que. Ih, mecês não falam assim, que que deu? O disco na vitrola, cantigas para santo Antônio, são Pedro e são João. Ilusão. Marcação. Anarriê.

A festa continua noite afora. Luzes coloridas, fogos de artifício, estrelinhas que pisca-piscam, janelas que se fecham e abrem. O pai se senta no sofá de balanço. As tias se unem para servi-lo, ele aceita um quentão. Querem censurá-lo, cadê coragem. Batizam o quentão com café forte. Fica horrível. Do fundo do estômago emerge o nojo do engodo, olha só: um homem vomita a solidão. Tirem as crianças da festa!...

... não deu tempo.

§7

Em mil novecentos e sessenta e dois já se fala dos hologramas. Um holograma é uma imagem fotográfica tridimensional formada por raios laser. Se os registros não se equivocam, foi Denis Gabor quem desenvolveu os princípios teóricos, no ano de mil novecentos e quarenta e sete. Os primeiros hologramas foram feitos dez anos depois. No fim dos anos oitenta iniciou-se a criação de hologramas coloridos com base em ondas ultra-sônicas.

No ano de mil novecentos e oitenta e dois, se os arquivos não estão corrompidos, Alain Aspect realizou o mais importante experimento do século vinte, embora na época não se soubesse que o era. Aspect descobriu que partículas subatômicas são capazes de se comunicar umas com as outras qualquer que seja a distância que as separe. A dez metros ou a dez bilhões de quilômetros uma partícula sabe o que a outra está fazendo, e o sabe no mesmo segundo. A descoberta violou a afirmação consagrada de que nada pode viajar mais rápido do que a velocidade da luz.

David Bohm, salvo erro, deduziu da descoberta de Aspect que a realidade objetiva não existe. Se as partículas se comunicam a qualquer distância e no mesmo instante, o próprio espaço é uma ilusão. Suas dimensões escondem um holograma gigantesco no qual reside o universo inteiro. A limitação desse universo reside menos nele mesmo do que na linguagem que a ele se refere. Por isso é necessário quebrar a linguagem com uma sintaxe anfoteroblépctica, isto é, que force o olhar a se desdobrar como se fosse o olhar de uma mosca.

Essa linguagem quer dizer o real mas diz outra coisa. A mímese ou falha onde é bem-sucedida ou é bem-sucedida onde falha: não consegue explicar o ser de que fala mas produz uma outra realidade ao tentar fazê-lo. O fenômeno explica por que a máscara tende a ser mais real do que o rosto. Simulacros geram realidade. Fotografias são simulacros reduzidos a duas dimensões. Os hologramas parecem simulacros puros porque têm as três dimensões.

Os seus criadores não sabiam se eram deuses criando seres de luz ou se aqueles seres de luz é que eram os deuses. Alguns deles quiseram se reproduzir holograficamente, como mais tarde biólogos enlouqueceram tentando clonar a si mesmos. Se o simulacro holográfico fosse perfeito, o criador poderia contemplar a si próprio no ato de contemplar a criatura, realizando o sonho milenar de olhar o próprio olhar.

Mas os hologramas não podem ser perfeitos porque lhes falta a dimensão da sombra: corpos constituídos por vibrações luminosas, eles não a projetam.

§8

O escritor alemão pediu antes de morrer: mehr Licht! Foram suas últimas palavras. Mais luz é o que também pede o avô. No sereno, intrigado com o cubo, o avô dos Pedros murmura sucessivamente: mehr Licht, mehr Licht, mehr Licht.

Ele nasceu no Brasil mas se alfabetizou em alemão, numa colônia de imigrantes ciosa da língua. O pai dele emigrara do Império Austro-Húngaro onde depois se formaria a Tchecoeslováquia, mais tarde a República Tcheca e mais tarde ainda Země Stínů – em alemão, der Schattenland. O avô aprendeu português na adolescência. Usa a língua portuguesa para conversar e a alemã para praguejar. Por isso pronuncia "mehr Licht" em tom de imprecação grave, ainda que sussurrando.

O pai se levanta do sofá de ferro. Olha o próprio pai mexendo no cubo e murmurando naquela língua de duendes subterrâneos, seus antepassados. O pai ainda sente o mal-estar por ter bebido quentão com café forte. Mas aos poucos melhora.

Entra na sala e olha a televisão desligada sobre o móvel escuro. O pai lembra-se de ver no dia anterior, antes de sair para o hospital com a esposa, o videoteipe da vitória do Brasil sobre o Chile. Essa é a primeira Copa em que se podem ver os videoteipes dos jogos. Mas se ligar o aparelho hoje verá tãosomente um chuvisco cinza.

Conformado, tenta escutar o rádio. O aparelho emite apenas estática. Ele fica nervoso, sem saber como anda o jogo. Logo na final o rádio não funciona. Enquanto mexe inutilmente nos botões, o pai conta para o filho mais velho a derrota para o

Uruguai em mil novecentos e cinqüenta. Pedro o escuta embevecido, a palavra "derrota" lhe parece bonita. O maior estádio do mundo, o maior silêncio do mundo. O pai estava lá. Sentado. Parado.

As tias se multiplicam em papos-de-anjo e quindins. Os demais parentes querem falar com o pai mas ele não quer falar com eles. Só quer falar com o filho do jogo contra o Uruguai em mil novecentos e cinqüenta. Pedro escuta várias vezes os gols do Uruguai e o silêncio do povo. A palavra "silêncio" também é bonita. O silêncio deve ser a coisa menos líquida que conhece. Aquilo que não deve ser dito, como o enterro da mãe e o não-enterro da irmã, abandonada na morgue do hospital. Por isso o pai não fala mais nada que não seja do futebol e de mil novecentos e cinqüenta, quando Pedro ainda não era nem nascido nem previsto.

A festa junina prossegue pela noite. O tempo passa. A mãe de Pedro e Pedro morreu há dias. Maria da Glória não nasceu há dias. Pedro Novo já está mais velho de alguns dias. No entanto não há dia: à noite sucede apenas a noite. Mehr Licht, continua murmurando o avô.

As pessoas não vão embora da festa porque a festa não termina. Da rua não se escutam nem os motores dos carros nem as buzinas roucas nem freadas nem acidentes nem gritos nem sirenes cansadas. Nada. É como se o bairro estivesse interditado. Do céu não se vêem reflexos. As pessoas não sabem da cidade, como se ela também estivesse interditada. Ninguém sai e ninguém chega.

O menino pensa: quem ou o quê era eu antes de nascer? Quem ou o quê serei eu depois de morrer? Antes de tudo era também o escuro? Depois de tudo será ainda o escuro? Pedro se localiza e se perde entre estes limites negros, pensando quanto tempo o intervalo com o seu nome pode durar.

Enquanto o garoto matuta, as tias cercam o pai com muitos tititis. A honrosa exceção é Teresa. Tia Teresa gosta diferente do pai, por isso não se aproxima dele. O amor da tia rivaliza com a fogueira apagada. Os três primos largam os gomos recémcolados do balão para tentarem acender a fogueira. A pilha de galhos secos, troncos grossos embaixo, jornal e pano no meio. Na cozinha, Generosa canta, sotaque de portuguesa do campo:

> Tenho fé nesta fogueira
> acesa por minha mão
> que falará a verdade
> em noite de são João

    A fogueira não acende porque ainda não é noite de são João. Os olhos de Pedro Velho acompanham a mão do primo derramando álcool na madeira úmida por conta do sereno. Pedro repete os gestos do outro: abrir a garrafa do álcool, derramar sobre a fogueira, procurar um fósforo no bolso, não achar o fósforo no bolso, pedir fósforo ou isqueiro aos demais. Na torre da igreja, alguém observa? Quem sabe, inveja. Visto do alto, o quintal é atravessado por bandeirinhas que se sucedem como os meses se sucedem. A fogueira, apagada.

    Pedro Menor cresce aos trancos e sem leite materno. Em compensação, o recheiam de preconceitos. Coitado: doença e falta pela vida afora. Afora vida elas o alimentam líquidas, as tias, com bobagens lácteas. Ele chora chora chora: sim. O pulmão é bom. O grito, bom. Por causa dele aumentam o volume da vitrola, cantam mais alto do que Generosa a fé que mantêm na fogueira.

    O pai cola o ouvido no rádio para tentar descobrir se o jogo já começou ou já terminou, quem perdeu e quem ganhou. O primo consegue um isqueiro. Ele o joga aceso na fogueira. O isqueiro se apaga no ar e ainda se perde no meio das folhas amarrotadas de jornal. Pedro Velho imita o balé de braço do primo, jogando na fogueira um outro isqueiro imaginário. O segundo isqueiro também se apaga no ar e também se perde no meio das folhas de jornal.

    Pedro Velho vai até o fundo do quintal e cavuca no barro por perto da sepultura, antes que uma tia apareça e o tire de lá. Ela tem medo de que ele desfaça a inscrição na terra mas a chuva é que se encarregará de desfazer a inscrição na terra.

§9

A interseção é invisível mas a chuva a revela. O modelo se desenvolve dentro das limitações previstas e uma delas é a possibilidade, ainda que fosse remota, de chuva. Ene fatores se combinam para que a chuva tenha se tornado possível. A chuva gera brilhos e reflexos, substituindo as sombras que os hologramas não podem projetar. Os convivas recebem a chuva amedrontados, como se não chovesse há décadas. A chuva é como um banho de luz sobre a luz: ela reproduz o processo original de holografar.

O processo se desdobra do seguinte modo: o objeto a ser holografado é banhado com a luz de um primeiro raio laser. Um segundo laser é acionado fora da luz refletida do primeiro. O padrão resultante de interferência é capturado no filme. O filme revelado parece ainda um rodamoinho de luzes e linhas escuras. Logo que o filme é iluminado por um terceiro laser aparece a imagem tridimensional do objeto reproduzido. Quando se usam 333 lasers, se tem finalmente o nível de detalhamento da imagem que lhe empresta espessura e profundidade.

A tridimensionalidade da imagem não é a única característica importante do holograma. Se o holograma de uma maçã é cortado na metade e então iluminado por um novo laser, em cada metade ainda se encontra uma imagem da maçã inteira. Mesmo que novamente dividida, cada parte do filme sempre apresenta uma menor e ainda intacta versão da imagem original.

Ao contrário das fotografias, cada parte de um holograma contém toda a informação possuída pelo todo.
A natureza dos hologramas forçou uma nova maneira de entender organização e ordem. Durante parte de sua história a ciência supôs que a melhor maneira de entender um fenômeno físico seria a de dissecá-lo para estudar os seus pedaços. Mas os hologramas a obrigaram a olhar e se olhar de outra forma. Quando se tenta tomar à parte algo construído holograficamente, não se obtêm as peças mas apenas inteiros menores.
Volta-se às partículas subatômicas que se comunicam entre si qualquer que seja a distância que as separe. Volta-se à suspeita de Bohm. As subpartículas permanecem em contato umas com as outras a despeito da distância que as separa exatamente porque distância e separação são ilusões. As partículas se revelam não entidades individuais mas sim extensões da mesma coisa fundamental. Aspect e Bohm estavam certos: a realidade é uma espécie de projeção holográfica.
Mas, se a realidade é uma projeção holográfica, onde se encontra o projetor? O projetor do holograma da realidade não se encontra fora da realidade, ele faz parte dela. O universo se desenha de dentro para fora através de projetores articulados à maneira de subpartículas. O universo é portanto homólogo à memória humana. De acordo com os registros, foi Sigmund Freud quem levantou a hipótese de que a memória não fosse um depósito de imagens ou palavras, mas sim um conjunto de marcos que estabelecem caminhos, caminhos tão mais nítidos quanto mais os marcos se repitam.
De acordo com os mesmos registros, Karl Pribram supôs que as memórias não fossem codificadas nos neurônios mas representassem padrões de impulsos nervosos cruzando-se pelo cérebro, da mesma forma que a interferência da luz laser atravessa a área de um pedaço de filme que contenha uma imagem holográfica. Ele via o cérebro humano como um universo holográfico dentro de universo holográfico maior. Logo, todos os

cérebros humanos juntos projetam a realidade que por sua vez os contém projetando-a e projetando-se.

Pribram explicou como o cérebro humano guardava tantas memórias em espaço tão pequeno: elas não se guardam nem em uma linha nem em uma superfície, mas sim em uma região tridimensional. Essa região não se limita ao volume de um cérebro, ela o extrapola. Conjugando Bohm e Aspect, Pribram deduziu que a concretividade do mundo é uma espécie de realidade secundária. O que existe é um borrão holográfico de freqüências decodificadas através de percepções sensoriais. Como as religiões orientais afirmavam, o mundo material é Maya. O véu de Maya forma uma nuvem de pensamentos que oculta a realidade e apresenta outra em seu lugar. O véu de Maya gera as metáforas do mundo.

Pela concepção religiosa, Maya é o demônio da mentira. Pela concepção filosófica, Maya é o demônio da verdade. O universo holográfico é igualmente demoníaco porque torna possível a alteração ou a recuperação do tecido da realidade – o que acontece a partir da chuva.

§10

Chuva que começa no meio da fotografia. Querem capturar o amor dos irmãos. Ambos vestem camisas de flanela com mangas compridas. Ficam de mãos dadas nos degraus da escada da cozinha para o quintal.

Pedro Novo cresceu apesar das tosses crônicas, dos refluxos, das cólicas e das bobagens repetidas à guisa de remédio. Nesse instante ele tem três anos de idade e enxerga bem no escuro. Decidiram fotografar a cena antes da chuva para que ela aconteça e para que o futuro saiba que os meninos se deram as mãos. Mas entre eles ainda se encontra a irmã que não nasceu.

Pedro Novo sorri, suave, e dá a mão esquerda para Maria da Glória. Do outro lado Pedro Velho segura a mão esquerda da irmã que nunca teve. Ninguém percebe. O irmão mais velho guarda esperança de que a máquina fotográfica diga a verdade. O irmão mais novo não tem a mesma esperança, por isso sorri.

Os meninos não guardam memória da tarde mas pensam nela. Eles olham ambos na mesma direção. Pediram ao pai para tirar a foto mas o pai não queria sair de perto do rádio. Então uma tia ocupa o seu lugar e aponta a lente na direção deles. O futuro está prestes a se deixar impressionar para sempre, ou pelo menos até quando o papel não se desfizer e os negativos se perderem. Estão ambos de mãos dadas com a ilusão da irmã nos degraus da escada da cozinha para o quintal. Se depois de depois de amanhã eles contarem aos filhos futuros sobre o aconteci-

mento, ninguém acreditará a menos que se mostre a foto. A foto é a certeza no meio da névoa.
Mas o filme. Não há filme. Não há pilha para o flash. Não se pode sair para comprar nem uma nem o outro. A fotografia é uma possibilidade que não se realizou, a capa de um livro que não foi escrito. Die Liebe não pode ser capturado. O tempo perde tempo, revelando somente água. A água da chuva, que começa. A chuva começa molhando a fogueira que ainda nem queimara. A água da chuva joga os parentes para dentro da copa e da cozinha, apertando-os entre o filtro de barro e a imagem avermelhada do cavaleiro cristão enfiando a lança no peito do dragão. Ninguém se molha, se as gotas de água lhes atravessam a roupa, a pele e o corpo. No entanto, quase todos sentem medo dos reflexos multicoloridos. Quase todos se apertam tanto dentro da copa e da cozinha que provocam pequenas faíscas entre si. Apenas os irmãos Pedro fazem o caminho contrário e vão brincar na chuva. Como não os vêem, ninguém lhes proíbe de brincar com os reflexos.

Um dos cães já morreu. Ele se chamava Lobo. O que está vivo se chama Leão. Lobo foi enterrado no outro lado do quintal para não ficar perto da mãe. O pai permanece a postos ao lado do rádio rouco. A chuva mela os cílios grisalhos das tias, vendando-lhes os olhos com lágrimas que parecem mínimos fogos de artifício. A cova da mãe, molhada. A chuva, mais forte. Depois de tanto tempo, os ossos da mãe se encharcam. Morrer. Morrer terá sido igual a responder.

Quer dizer que existiu uma pergunta, mas o blecaute: der Stromausfall. Falta luz e chove. O telefone preto que nunca tocou fica ainda mais negro. Chove. Acendem uma vela dentro da casa. O pai esconde os olhos sob as mãos porque não pode mais nem tentar escutar o rádio. A chuva cada vez mais forte. O blecaute interromperia quaisquer transmissões.

A igreja desaparece no meio da cortina de água. A torre apenas se adivinha. A noite avança por fora do peito dos meninos. Eles olham nos olhos um do outro e reconhecem estrelas acuadas. Die Liebe é o amor no princípio mas é também o medo. Por trás das nuvens que despencam, a luz pálida da lua projeta vagas sombras que lhes mostram o que eles não têm.

Eles não têm sombra. As luzes da casa escondiam isso deles. Os irmãos não têm medo da chuva mas se assustam com a não-sombra. Não ter sombra é o mesmo que não ter alma?

§11

Pedro Velho e Pedro Novo estão no fundo do quintal olhando a cova da mãe. Vêem o epitáfio escavado pelo pai se desfazer na lama. "Tu jazes" vira apenas "Tu" e logo nada.

    Os irmãos não entraram na casa quando a chuva começou. Sentem-se encharcados. As camisas de flanela pesam no corpo. No longo escuro os parentes e os convivas não deram pela sua falta na casa. Isso lhes permite alguns anos só seus, embora molhados e frios. Como não sabem muito bem o que seja ou não frio, deixam-se brilhar e tremer enquanto crescem.

    Com medo de doença, se abrigam no depósito de ferramentas. O telhado do pequeno quarto não tem forro ou laje, mostrando as telhas vãs com a água escorrendo por cima e caindo um pouco por dentro. A água escorre também pelas paredes.

    Eles entram espirrando e fungando. Pedro Velho queria aproveitar a terra molhada para desenterrá-la, mas não falou nada. Pedro Novo entendeu assim mesmo e perguntou por quê. Talvez ele quisesse perguntar para quê. O irmão não se surpreende que tenha sido entendido sem palavras e responde: quando nós dois formos ambos maiores e tivermos força, quando só houver ossos limpos e os vermes forem uma outra lembrança, então a gente desenterra, limpa e renomeia a nossa mãe.

    Para quê?, pergunta agora o mais novo. Não sei, responde o mais velho. Só sei que eu queria rebatizar nossa mãe com o nome de Talia. O que quer dizer Talia, pergunta o irmão. Não sei, responde o Velho, mas acho que tem algo a ver com alquimia, bruxaria ou teatro. Se não, por que o dia não chega nunca? Ao dizer isso lembra que o irmão mais novo nasceu no escuro, logo, nunca viu o sol, enquanto que ele até deve ter visto mas não se lembra. Só recorda de gravuras coloridas, desenhos com giz de cera. Pensa também que não pode dar novo nome à mãe, se não se lembra do nome com o qual ela morreu. Pode a morte da mãe ter sido responsável pela extensão da noite, causado esse escuro tão longo e decretado luto no cosmo? A pergunta o joga num abismo lógico onde o passado é engolido pelo futuro como se o próprio tempo fosse um animal que se devorasse a si mesmo.

Por que não há sol? Por que o dia não chega nunca? Os dois irmãos perguntam em eco mútuo ao céu e à terra por que eles não podem ver o sol e por que o dia não chega. No entanto eles não podiam fazer essas perguntas assim como não podiam saber nada sobre Talia. A esperança de Talia é incoerente. Ainda assim o novo nome reconforta os irmãos.

No quarto-depósito eles descobrem as ferramentas. Entre a enxada e uma picareta de cabo quebrado Pedro Velho reconhece, triste, a pá. A seguir descobre o velho armário de madeira com portas de vidro que o avô chama de escaparate. Dentro do armário velho há um tabuleiro de Schachspiel, o jogo de xadrez, mas sem as peças. No seu lugar as miniaturas. São antigas miniaturas de porcelana que compunham os bibelôs da mãe: bailarinas, duquesas e anões. Entre elas não se encontra o soldadinho de chumbo com que Pedro Velho gostava de brincar quando era apenas Pedro Único.

Das telhas vãs escorrem goteiras simétricas. Os fios de água que escorrem pelas paredes são, todavia, assimétricos. Entre as goteiras eles se sentam e dão as costas um ao outro. No quartinho há ainda um lampião de querosene, mas são eles que o iluminam. Pedro Novo olha para os bibelôs e conversa com as bailarinas. Esse menino aprendeu cedo e sozinho a falar, pouco importando quem o entendesse. O irmão mais velho, agora com catorze anos, sempre o entendeu. As bailarinas de porcelana também devem entendê-lo.

A chuva continua e espicha a noite. Os balões japoneses não sobem aos céus. O balão gigante foi dobrado e guardado em cima da mesa da copa. Os três primos se tornam adultos e vestem o terno dos parentes mais velhos. Mas nem os primos saem de casa para nada, ou porque chove ou porque não sabem mais onde encontrar a chave do cadeado do portão. Entre a casa e o quartinho das miniaturas, o animal se ressente. Idoso, Leão chora ganidos.

Os dois irmãos não conversam, apenas entendem. Encostam as costas um no outro. Enquanto o Novo derrama palavras, o Velho desenha a carvão sobre folhas grandes de papel pardo. O desenho são sempre as mesmas ruínas de um castelo alto habitado por um dragão implícito e bondoso. Pedro Velho capricha no traço das janelas apondo arabescos, esteiras de cupim e trechos de podre. À guisa de moldura, ele multiplica nas bordas do papel as formas semelhantes do ß e do ∞.

A chuva aumenta. O céu desaba sobre as telhas do depósito. As goteiras são torneiras. Pedro Novo pede às bailarinas que tirem a roupa e dancem para ele. Mas elas não podem. Por isso ele molha a porcelana fria debaixo das goteiras, esfriando-a mais ainda e multiplicando os reflexos do aposento. A chuva aumenta ainda mais. Pedro Velho já é um rapaz. Seu desenho de carvão os aproxima de uma resposta imprevista. Nas janelas do castelo alto de repente se percebe uma marca, a fumaça de frio no vidro denunciando a respiração de Talia...

...Talia!

Incoerente, a esperança invade os irmãos. Um grita e o outro se vira, querendo pegar no colo o que acabaram de perder. As janelas do castelo embaçam. O papel pardo se enruga. Em todo o quarto sente-se a marca da respiração dela, sua passagem espalhando-se em vapor. Eles se afastam um do outro, assustados. Arrastam-se pelo cômodo. O mais novo fica próximo à porta, uma das bailarinas de porcelana na mão. O mais velho pára no canto oposto, encostado no escaparate.

Ao se encostar Pedro Velho percebe livros no fundo de uma prateleira. São livros velhos, as capas gastas, páginas se soltando do miolo. Ele pega um dos livros e o folheia. Passa a ler quando encontra o diálogo entre dois sábios, cada um sabendo menos e não mais do que o outro.

O primeiro sábio diz que a verdade é uma circunferência. Diz que as tentativas humanas para chegar à verdade se fazem através de uma sucessão de polígonos inscritos cada qual com mais lados, de maneira que, no limite, os polígonos tomam a forma circular.

O segundo sábio não concorda. Ele afirma que a verdade tem a forma de uma ilha cuja costa é recortada por uma infinidade de saliências e reentrâncias. Caso se recorra ao procedimento de aproximação por polígonos, a borda fragmenta-se a cada tentativa e forma mais saliências e reentrâncias. A série de polígonos não converge em direção a nenhum limite. Quanto mais próximo se estiver da verdade, tanto mais distante se está da verdade.

Pedro Velho devolve o livro para dentro do armário e pega outro. O título se encontra em português errado: "Me nina." Deveria ser ou menina ou nina-me. A capa mostra a fotografia em preto e branco de dois garotos de mãos dadas nos degraus de uma escada. A fotografia lembra-o da foto que a tia, há anos atrás, não conseguiu tirar deles dois quando a chuva começava. Na capa deste livro, os dois garotos sorriem.

A foto. Poderia ser a certeza no meio da névoa ou no meio da chuva. Da chuva que, agora, amaina.

§12

No meio da chuva e da sala, tia Teresa morreu. Morreu segurando a mão do pai e dizendo com dificuldade: tu podes. Na garagem o avô move o cubo enquanto repete: du kannst. A chuva vira chuvisco. As pessoas saem da copa e da cozinha para o quintal. O pai as chama para dar a notícia. Tia Teresa morreu. Suas roupas escureceram até ficarem da cor da terra molhada. Depois o corpo escureceu até ficar também da cor da terra molhada. Teresa morreu durante a chuva e durante a chuva mesma a enterraram no jardim da frente. Depois que ela se confundiu com a terra, replantaram por cima uma roseira. A roseira já cresceu um pouco e no escuro mostra apenas os espinhos. As flores esperam o nascer do sol.

Sem manhã à vista, a luz elétrica volta aos poucos. As gambiarras entraram em curto-circuito com tanta água, mas uma e outra lâmpada ainda acendem. As demais se queimaram. As lanternas de papel foram desfeitas pela chuva, as velas desmanchando-se nas poças. A tia mais magra repõe lâmpadas nas gambiarras. A tia menos magra repõe lanternas de papel nos cordões de barbante e velas nas lanternas de papel.

Os irmãos saem do depósito com segredos nas mãos fechadas. Os três primos agora vestem gravatas e reclamam de tudo. Reclamando das gravatas, da noite e da tarefa, substituem as bandeirinhas desbotadas por bandeirinhas novas. Na garagem a mesa larga volta a se pôr com aipim, melado e canjica: fumaça branca. O avô retoma o seu lugar encostado à garagem. Ele continua procurando sentido no objeto.

As outras tias permanecem vivas após a chuva. Elas não têm filhos, vivem pelos sobrinhos-netos. De lá para cá os doces em forminhas de papel rosa, de cá para lá as frases em forminhas de papier-marché: faz isso menino!, faz isso não!, porque choro é muito bom para o pulmão. Mas o irmão mais novo não grita mais. Agora chora apenas quando não o vêem ou quando quer abraçar o irmão mais velho e acha que não pode.

Voltou a luz mas o rádio permanece murmurando estática. O pai persiste angustiado por não saber o resultado do jogo e a situação do mundo. O Brasil venceu o time da Tchecoeslováquia? Angola derrotou Portugal? O presidente promoveu as reformas de base? Não pergunta sobre o Telstar, embora seja igualmente importante. Desce os degraus da cozinha para o quintal, desolado também com a fogueira molhada. Manda comprar álcool, não é possível. Os armazéns estão fechados há anos e ninguém mais se lembra com quem ficou a chave do cadeado do portão. Pedro Novo fala uma palavra que os outros entendem, apontando à frente e dizendo: Teresa.

Que é isso, menino? Recriminações em eco, assustadas. Sua tia nunca foi à rua nem para comprar pão, o que faria com uma chave debaixo da terra? Deve estar em algum canto ou atrás de algum móvel. Teresa, repete Pedro Novo. Então sorri e se cala. Todos tantos anos passados presos no escuro e tudo bem, mas não saber onde se perdeu a chave do cadeado do portão angustia os mais velhos. Assim a canjica pode esfriar. Pior: o melado e o aipim podem se estragar de repente.

Preocupada, outra tia manda trazer licor de jenipapo para levantar o moral. O sorriso do garoto mais novo consegue ser mais incômodo do que a cabeça baixa do pai, mas o quintal não se incomoda. A árvore não cresce, apenas espera e dá os frutos: as carambolas. Estranho. Se não há flores sem sol, como podem nascer frutas?

Parentes conversam entre si em voz baixa até que mesmo essas conversas murchem e se apaguem. Defronte da fogueira molhada, o pai olha os filhos. Os convivas em silêncio. O tempo pesa. Ninguém se lembra de ligar a vitrola que arranha os discos. Pesa para Pedro Velho a memória da mãe. Como ela queria uma menina. Tudo o que ela queria era apenas uma menina, mas lhe sobreviveram três homens.

§13

T.A.L.I.A. é a sigla do programa de renderização do Zeitzaun. Esse programa renderiza o bairro e os habitantes do modelo. As letras que compõem a sigla referem-se à expressão: Technologie des Autonom-Lebens im Innern des Aufzeichnung. Em português, a tradução literal pode ser: Tecnologia da Vida Autônoma no Interior do Desenho.

Chamava-se renderização ao processo de adicionar realismo a imagens de computador através da inclusão de qualidades que sugerissem volume, sombras e profundidade. O processo tornou-se depois auxiliar para a produção de hologramas sofisticados, quando se dispensou a superfície plana do papel e da tela para produzir as imagens que então produzissem a si mesmas. A nova condição de produzir a si mesmo implicou conseqüências físicas e metafísicas. As imagens holográficas de sétima geração dispensam projetores físicos, projetando-se a si mesmas no espaço, e dispensam programadores e desenhistas, programando-se e desenvolvendo-se por conta própria.

A autonomia das imagens holográficas provocou a discussão sobre a sua existência virtual. Em que momento o simulacro luminoso da personalidade torna-se a partícula capaz de desenvolver o equivalente da alma? Ou, nos termos de Isaac Asimov, que suponho precisos: when does a simulacrum of a personality become the atom of a soul?

O criador de Talia herdou as conquistas da arte cibernética, possíveis a partir da década de mil novecentos e cinqüenta, graças ao surgimento de monitores capazes de exibir gráficos e de plotters para imprimi-los. Não demorou muito para os computadores criarem obras a partir de programas de criação.

Preciso dizer que Harold Cohen inventou Aaron, um programa que capacitava computadores a pintarem como artistas plásticos. Mas preciso dizer também que não há como ter certeza de uma e de outra informação, uma vez que os arquivos se encontram corrompidos em muitos pontos. Pela recuperação que pôde ser feita, deduziu-se que o programa Aaron se baseava, como os demais, em uma série de regras e metas, mas situações randômicas relativizavam a rigidez das diretrizes. Um sistema de feedback permitia ao computador voltar atrás para se corrigir, checar o progresso e determinar os passos seguintes.

Aaron não possuía uma autoridade central que controlasse o cumprimento das regras e das metas. Ele optava por emular a lógica da mecânica quântica, logo, não mimetizava a organização social humana. Seu sistema dependia de agentes autônomos que se comunicavam apenas no plano local, como formas orgânicas que se adaptam ao ambiente.

Aaron é o avô de Talia. Quero crer que Aaron é o avô de Talia. Ora, se o avô é Aaron, os programas Rodin e Anyflo são os tios. Rodin era um programa modelador de formas tridimensionais capaz de gerar distorções sutis através de cálculos de curvas paramétricas. Anyflo punha em movimento um bestiário povoado de criaturas delirantes cujo comportamento não podia ser inteiramente previsto, uma vez que dependia das interações que acontecessem na cena.

Houve quem combinasse novas e velhas linguagens. Max Bense e Pedro Barbosa, salvo erro, ensinaram o computador a processar as regras semânticas e sintáticas de uma língua de modo a gerar textos artificiais. Os leitores humanos desses textos já sentiam dificuldade para distinguir se eles haviam sido escritos por pessoa ou máquina. Eduardo Kac, salvo erro, como sempre, criou telerrobôs que podiam ser dirigidos através das primeiras versões da rede planetária.

O espectador começava a interferir nas replicações. Mas essa associação entre as realidades virtuais e o espectador exigia complexas interfaces logarítmicas para as quais os processadores da época não se encontravam habilitados. Investiu-se então na construção de mundos artificiais que se pudessem observar enquanto eles se desdobrassem sozinhos.

A meio do século vinte e um, uma analista guatemalteca chamada Consuelo Guzmán radicou-se na cidade alemã de Germersheim. Quanto a essa notícia não há quaisquer dúvidas, porque os arquivos mais recentes estão íntegros. Em Germersheim a analista criou um desses mundos artificiais. Chamou-o de Drahtwelt, o Mundo-de-Arame (o mundo conectado-e-ou-amarrado), homenageando um filme antigo. Nesse mundo Guzmán reconstruiu o seu país recentemente destruído pela combinação de dois conjuntos de ondas: tsunamis vindas dos dois oceanos e seqüências de suicídios coletivos.

Drahtwelt, no entanto, saiu do controle da analista e seus assistentes. Alguns dos avatares holográficos descobriram que o eram e começaram a interagir com Guzmán. Fascinada, ela permitiu a conversa e lhes facilitou informações sobre as fórmulas básicas do programa, sem atentar para a possibilidade de que aqueles minúsculos seres de luz pudessem interferir no próprio programa.

Em pouco tempo vários hologramas escaparam da arena cibernética para a cidade, tomando não só o tamanho humano como o controle dos aparelhos. Os novos seres não fizeram eles mesmos mal a ninguém, mas provocaram surtos de loucura homicida que devolveram o burgo a seu passado medieval mais escuro. A doutora Guzmán foi barbaramente queimada na frente da igreja de Saint Jakobus.

As experiências com avatares aconteciam lado a lado às experiências com seres de carbono e consciência. O século vinte se notabilizou pelos campos nazistas de concentração nos quais se colocavam judeus e ciganos em condições extremas de desumanização. Os objetivos eram os de testar numa ponta a resistência, na outra a extensão da maldade do ser humano.

Depois da derrota do nazismo o campo de concentração foi retomado como um entretenimento televisivo com o nome do personagem de uma distopia literária. O entretenimento encerrava homens e mulheres em casas fechadas durante semanas a fio. As casas eram cercadas por câmeras de vídeo ligadas vinte e quatro horas por dia, passando-se para toda a população as imagens do que ocorria nas casas.

Como se portavam aquelas pessoas vistas todo o tempo por todo mundo? Como se portava todo o mundo vendo por todo o tempo aquelas pessoas? Como não parecia haver limite para semelhante investigação, o princípio do campo de concentração se expandiu e se multiplicou no decorrer do século vinte e um. Guerras, epidemias e revoluções foram provocadas para que pudessem ser filmadas.

No primeiro momento pareceu que o continente africano seria o território ideal dessas experiências de entretenimento e ciência. Mas em poucas décadas o foco deslocou-se para a América Latina, por contaminação dos acontecimentos trágicos nos países da América Central e Caribe. Nas cidades hiperpopulosas da América do Sul matavam-se de diferentes maneiras pessoas de idade avançada, projetando-se os assassinatos em programas de televisão. Nas mesmas cidades violentavam-se meninas de diferentes idades para projetar em outros programas. Alguns velhos e algumas crianças passaram a se oferecer como astros desses programas não apenas por dinheiro ou ânsia de fama, mas também por penitência religiosa ou necessidade de dar um sentido à vida através da escolha da morte.

No início do século vinte havia cerca de mil religiões monoteístas no mundo, maximizando a crítica profética de Michel de Montaigne vários séculos antes, não posso precisar quantos:

"o homem é mesmo insensato; não conseguiria forjar um caruncho e forja deuses às dúzias". No final do século vinte o homem já conseguia tirar da forja tanto carunchos quanto ovelhas, mas continuava forjando deuses às dúzias. O processo de multiplicação exponencial de divindades prosseguia sem descanso. No final do século vinte havia mais de dez mil religiões no mundo. No final do século vinte e um contabilizava-se perto de um milhão de religiões no mundo. As religiões se multiplicavam na mesma velocidade vertiginosa dos seres holográficos. Os demônios se multiplicavam na mesma velocidade vertiginosa dos deuses.

§14

Montado sobre a velha penteadeira de mogno, o espelho de três faces continua no quarto da mãe. As três superfícies do espelho fletem e refletem as imagens em uma repetição sem fim. O espelho tripartido transforma o quarto em uma sucessão de abismos que ora tocam a ponta do infinito ora tragam tudo à volta. Eis porque o quarto ficou sendo apenas o quarto da mãe. O pai, com medo do espelho, nunca mais entrou ali.

A mãe de Pedro e Pedro só queria uma menina. Consta que ela ouvira da própria mãe que as meninas não abandonam as mães velhas como fazem os meninos. As meninas lhes deixam netos no colo enquanto os homens fogem com mulheres-da-vida. As mulheres-da-vida são na verdade mulheres-da-morte.

Assim pontificava a avó na cozinha, sempre generosa: querida, aquelas mulheres deixam pelo caminho seus carentes meninos-da-puta. Elas os abandonam antes de serem abandonadas. Elas se vingam por nós mas nos deixam justamente eles: os que nos emprenham para ficarmos loucas.

Por isso sua filha queria apenas uma menina, se uma menina é uma flor que se abre para o homem e do homem, primeiro rosa e depois sangrenta. A mãe dos meninos queria tanto mas tanto parir essa flor que lhe brotou primeiro uma pedra e depois a outra – primeiro um pedro mais velho e depois um pedro mais novo, ladeando a menina que não nasceu para que não se parasse de pensar nela.

No quintal, Pedro Velho pensa em Maria da Glória. Essa irmã não careceria de ser forte nem bela. Bastava que se pusesse dengosa no colo do pai, bastava que se amuasse socialmente. Ela cultivaria mostrar-se ao mesmo tempo tão falsa e tão querida como se não fosse nem isto nem aquilo, sendo isto graças àquilo. Desse modo os parentes poderiam dizer: mas é uma gracinha. O coração materno quedaria feliz.

No quintal, Pedro Velho pensa em Maria da Glória morta. Na sala, o pai pensa na mãe enterrada em frente à fogueira molhada. Nos olhos azuis desse pai dançam as cenas dos partos difíceis da esposa, dores constantes de ouvido, crises agudas, os gritos da mulher rasgando as festas passadas. Algumas vezes ele teve a impressão de que os bebês sairiam pelo ouvido arrebentando o tímpano, tais as dores. Nasceriam evacuando sangue e tingindo de rubro o desespero paterno que se recriminava por tudo o mais, entendendo que a vida mesma era o erro. Quem lhe dera queimar a memória na fogueira, se não estivessem ambas tão úmidas. Se pelo menos o sol saísse, se ao menos o dia...

As noites passam como uma noite só, longa e ansiosa. Ao lado do pai, Pedro Novo: o gêmeo que sobreviveu. À distância, Pedro Velho contempla os dois e se sente menos do que uma interjeição.

§15

Talia é também a musa da comédia. A comédia é a contraface do jogo-do-luto, ambos os termos contidos na expressão que em alemão designa tragédia: "Trauerspiel." Em português tragédia tem origem diferente, significando "jogo-do-bode" – extensivamente, jogo do bode expiatório. Num caso como no outro fazem-se substituições. O luto substitui a perda assim como o bode substitui o culpado.

Contam os registros mais antigos: enquanto a tragédia mostra os homens melhores do que são, a comédia os mostra piores do que são. Enquanto a tragédia empresta à alma uma sensação de unidade, a comédia esgarça a mesma alma. A tristeza unifica o ser, o riso fragmenta o mesmo ser. Pode-se entender a teoria mas ainda é difícil compreender por que os séculos de tragédia e comédia não foram suficientes para curar a desmedida humana.

Os primos desdobram de novo o balão no cimento do quintal. Com cuidado, desamassam o papel fino e reforçam a cola entre os gomos. Derretem a parafina de velas sobre o compactado chumaço de algodão da bucha. Ao lado deles o velho pastor alemão se esforça por latir para o céu, mas a sua voz ficou rouca. Ele acaba por uivar um lamento tão longo e agudo que se torna inaudível.

Abeirados à fogueira secando, os tantos anos se passam. No portão há muito trancado aparece um cadeado mais novo. Não o abre mais uma chave, mas segredo de apenas dois números.

Como não se sabe quem trocou os cadeados, também não se pode saber qual é o segredo do cadeado novo.

O pai consertou as goteiras no quarto das miniaturas, mas não pôde saber se o tinha feito bem. Não voltou a chover. As miniaturas se cobrem de poeira, patas de insetos e fiapos de pano de chão. O pai está triste porque não sabe se o jogo já terminou, menos ainda de quanto terá sido o placar. Quais são os números do cadeado? Qual foi o resultado do jogo? O Brasil ganhou ou perdeu?

Resta-lhe contar aos filhos sobre o segundo jogo do Brasil nesse campeonato. O jogo foi contra a mesma equipe da Tchecoslováquia e o episódio é importante. Na metade do primeiro tempo o principal jogador brasileiro sofreu uma distensão na virilha. Ele se deslocou para a ponta-esquerda esperando ser substituído, mas antes disso a bola chegou a seus pés. Esse jogador não sabia o que fazer com a bola, machucado como estava. Entretanto, nenhum jogador tcheco lhe deu combate. O zagueiro do time adversário aguardou à respeitosa distância até o adversário dar um toque na bola para jogá-la pela lateral e sair ele mesmo do jogo. Pelo rádio que então funcionava, como lembrava, se ouviam os aplausos do estádio tanto para o jogador contundido quanto para a fidalguia do adversário.

O pai sorri com a lembrança. Ele não sabe que o país chamado Tchecoslováquia dividiu-se em duas nações no final do século vinte: a República Tcheca e a Eslováquia. Também não sabe que a região da República Tcheca se tornou ao final do século seguinte uma terra de sombras rebatizada como Země Stínů, em tcheco, ou der Schattenland, em alemão.

Também não sei muito sobre Schattenland. Minha memória fragmentada registra apenas que tudo começou por volta de dois mil e noventa e nove. Começando naquela região, se estendendo pela Europa e depois pelo mundo, o que aconteceu? Aconteceu que a luz do sol desmaiou. O desmaio do sol apagou a luz de todas as lâmpadas, velas e fogueiras. Desligaram-se os motores movidos a combustão, a energia elétrica ou a energia nuclear. Em poucos dias o mundo ficou cego sem que as pessoas o estivessem. Elas continuavam tendo olhos que não lhes serviam para nada.

Os dados são desencontrados. Alto às vezes é baixo, ontem às vezes é amanhã. O acontecimento se deu ao final do século vinte e um mas foi registrado em papel em mil novecentos e sessenta e três. O registro em papel não combina com os digitais, mas não se sabe o porquê da inconsistência. O autor do registro chama-se Wladas, mas não está claro se Wladas é nome, sobrenome ou uma sigla.

Com centro de dispersão em Schattenland, a escuridão se espalhou pelo mundo inteiro. Meses ou anos depois a luz do sol e a energia das máquinas foi voltando na direção inversa, da América do Sul para Schattenland. Milhões não sobreviveram à ausência de luz e de máquinas por conta da fome, da sede e do frio, por conta da selvageria, do pânico e da histeria. Entre os sobreviventes, alguns contaram com a ajuda dos cegos de nascença, que sabiam se orientar na escuridão e não enlouqueciam com a mesma facilidade dos demais.

Entre os cegos, encontrava-se uma mulher chamada Eva: Eva Wagnermaier.

O que aconteceu depois, não sei. Se tudo começou ali? Não sei.

A ansiedade aumenta. Correm na festa notícias de ladrões. Há boatos de que a longa noite contribui para o aumento da violência na cidade. Dizem que levas de miseráveis vêm do campo para a cidade, ocupam os morros e montam quadrilhas perigosas. Essas quadrilhas fazem contrabando e vendem produtos falsificados. Há tráfico de drogas pesadas e de armas do Exército.

São boatos. Eles não vêem os bandidos, não sabem das notícias. Mas de noite o medo é maior. A lua é crescente mas não cresce. Os três primos param de montar o balão que terá o formato de uma bola. O balão destina-se a participar da comemoração da vitória, coalhando os céus do dia dezessete de junho de mil novecentos e sessenta e dois de milhares de balões. Os balões pretendem iluminar a noite a ponto de torná-la dia. Mas o jogo não terminou ou se terminou eles não sabem.

Os primos quebram as garrafas verdes onde se guarda água sanitária, sobem na escada e cimentam os cacos na borda dos muros. É preciso reforçar a segurança, é preciso conjurar o perigo dos ladrões. Quando sobem nos degraus da escada se preocupam se vão dar de cara com os vizinhos, se os vizinhos reclamarão aos brados do barulho daquela festa que não acaba nunca.

Na verdade eles todos fazem pouco barulho. A televisão não se liga, o rádio não se escuta, a vitrola é baixa, nas conversas as vozes são surdas. E quando os primos sobem no muro descobrem o que já sabiam. Nas outras casas não há ninguém. Não há pessoas, cães ou luzes, apenas as densas sombras.

Enquanto isso, Pedro Novo aprende a soltar balões japoneses. Começam a subir um atrás do outro procurando o céu e a estrela d'alva, procurando mergulhar no negrume do vácuo como se tentassem abraçá-lo. A cada balão que sobe eles sentem o pavor necessário de chegar. A cada balão que queima eles pressentem o alívio frio de já estarem lá. Cada balão que não queima e sobe até se apagar é como se fosse a última vela do derradeiro alento. São muitas as orações.

Cantoria de roda, pequenas quadrilhas, anavan, anarriê: não há mais crianças na festa. Da cozinha vêm moças prendadas que devem ter se escondido dentro da casa durante os anos de chuva. Devolvidas à festa elas trazem uma prenda, um cuscuz ou um bolo de mel em lembrança da dona da casa. Seus seios pudicos apontam nos vestidos de chita, enquanto as pernas sestrosas procuram os olhares de Pedro Velho.

Que as olha. Na esguelha, ele olha. O fogo da fogueira não pega mas o ambiente esquenta. É a noite mais fria do ano e por anos a fio, mas esse calor repentino, de onde vem? Maria da Glória não está entre elas. Os seios que não teve, eles não apontam.

Sua boca não fala, sorri ou roça; ela conta apenas com a umidade de debaixo da terra. Esse corpo não pede, não pode. Cadê o encanto, cadê. A presença das moças lembra a ausência da irmã. Pedro Novo tosse, a tosse detona um acesso de asma. Pela milésima vez as tias reclamam da falta do leite materno. Mas Pedro Novo pode tossir que ainda assim joga bola no escuro, chuta no muro e depois isola, perdendo-a no quintal do vizinho de trás. O morador, se houvesse, não devolveria. Os irmãos lembram: as outras casas estão vazias. Os vizinhos nem existem.

De repente corta o céu uma estrela cadente que não estava programada. Pedro Velho olha para cima. O olho da fogueira, fechado. A estrela corta a noite e suspende a respiração dos convivas.

§16

Eles não sentem o vento no corpo mas o percebem pelo galo de metal se movendo no telhado. O vento pode ajudar a acender a fogueira? A fogueira aponta na direção da estrela que caiu. Entre os pedaços mais grossos de tronco se puseram galhos, gravetos e folhas amassadas de jornal. Por baixo de tudo, bolas de alcatrão e um leve cheiro de álcool antigo.

Na lateral da casa os primos consideram-se prontos. Eles decidem soltar à meia-noite o balão com o formato de uma bola de futebol. Mas a seguir o redobram gomo por gomo, se ninguém sabe onde se encontra o meio da noite.

Do outro lado, Pedro Novo solta balões japoneses que sobem furiosos para o céu. Ele os acompanha sorrindo de leve. Alguns dos balões lambem logo, a bucha acesa descendo como a estrela que caiu. Outros sobem um pouco mais, mas logo se apagam: sombras de cinza descendo no vácuo escuro e caindo nos outros quintais. Pedro Velho acompanha os balões do irmão enquanto mantém no canto do olho o lume azul da torre da igreja.

De repente o pai sai pela porta da cozinha, decidido como não se via há muito. Traz em uma das mãos pequenas figuras quadradas, as fotografias emolduradas da mãe. Elas ficavam espalhadas por cima dos móveis da sala. Ele tira querosene do lampião para molhar as fotografias e as molduras. Fabrica minitochas quadradas. Coloca as pequenas tochas em volta da fogueira. Começa a acendê-las. Os pedaços de vidro que protegiam as fotos estalam e racham. A madeira das molduras se avermelha. As chamas lambem as expressões do rosto da mãe.

Finalmente. Alguém conseguiu acender a fogueira. Os convivas esquecem a festa, a noite imensa e os quindins das tias. Eles se achegam ao fogo como se fosse o dia. Rapazes abrem casulos infantis e jogam estalinhos na brasa. As moças se juntam do lado de lá e olham através do fogo para Pedro Velho, enquanto Pedro Novo corre em volta da fogueira e das moças. Ele brinca de pega-fogo e de pega-ninguém.

Pedro Velho recusa o que lhe oferecem: casadinhos e papos-de-anjo em bandejas de papelão colorido. Ele se sente enjoado não dos doces mas sim da insistência das tias, se elas não o aceitam recusando. Elas só admitem que ele aceite tudo o que lhe oferecem. Mas pela primeira vez ele insiste em dizer não, não quero. Porque precisa olhar através das chamas da fogueira enquanto toca o disco:

> pula a fogueira, Iaiá
> pula a fogueira, Ioiô
> cuidado para não se queimar;
> olha, essa fogueira
> já queimou o meu amor...

§17

A fogueira na terra e os balões no céu desenham um abismo sobre os convivas. Eles o perceberiam caso se dedicassem a olhar para cima. Tomar o céu como uma abóboda sobre o espanto humano sempre foi uma ilusão necessária. Na perspectiva do planeta, subir aos céus implica cair para cima e na direção do vácuo.

A festa junina brasileira derivou de um conjunto de tradições portuguesas que tomou feição própria no Novo Mundo. Os povos da Europa festejavam o início das colheitas no meio do ano. Fogueiras, danças e comida faziam parte dos rituais pagãos. Ofereciam-se comidas, bebidas e animais aos deuses em que o povo acreditava, com o objetivo de pedir em troca fartura e proteção para as colheitas. Dava-se comida para que houvesse comida na mesa. As comidas eram distribuídas em barracas e feitas a partir do milho e do amendoim, lembrando as colheitas que se comemoravam.

Santo Antônio, são João e são Pedro. A homenagem aos santos do mês de junho preserva o espírito do politeísmo. O costume de acender uma fogueira deriva de uma lenda católica: Santa Isabel estava grávida de são João e era prima de Maria de Nazaré, a mãe de Jesus Cristo. Isabel morava nas montanhas e combinou de acender uma fogueira para avisar Maria quando seu filho nascesse. Desde então a prática virou costume de que se esqueceu a origem.

Os parentes de Pedro e Pedro não conseguiam acender a fogueira porque, embora o menino tivesse nascido, a menina e a mãe morreram. O nascimento do menino justificava acender a fogueira, mas as mortes da irmã e da mãe obrigavam o contrário. Mas eles não sabiam que o problema era esse, se não lembravam mais da lenda. Eles também não sabiam que o fogo da fogueira representa as funções nobres do sol: iluminar, aquecer e purificar.

Como o pai conseguiu acender o fogo? Ele se desviou da história, deslocando-se para o tempo dos sacrifícios humanos. Sacrificando as imagens da esposa falecida, fez o fogo falar de outra coisa: antiga, doída.

Dizem os registros: os balões também são mensagens para o alto. Eles surgiram com o intuito de enviar mensagens de náufragos a são João. Na noite que não termina, os balões japoneses de Pedro Novo parecem pequenas mensagens específicas, interrogativas.

Em mil novecentos e sessenta e dois já se falava do perigo dos balões para as florestas. Três anos depois soltar balão se tornou crime previsto pelo Código Florestal. Por décadas a repressão foi tímida, às vezes nula. No início do século vinte e um um balão gigante provocou incêndio violento em uma refinaria de petróleo próxima à cidade do Rio de Janeiro. Centenas de mortos e milhares de feridos.

Desde então os balões sumiram dos céus. São João deixou de receber mensagens do abismo.

§18

Ela vem. O rosto modelado pelo reflexo das chamas. O reflexo atravessa a pele e se esconde sob os olhos. Ela não pula a fogueira mas passa por cima sem se preocupar. Não se queima, nem poderia. Ele a olha espantado. Extasiado. Como ninguém reparou nela. Nem o irmão. Nem os primos. Ela o olha através da chama. Esse olhar aquece e enregela. Ela chega perto dele e o toca na mão: raios prismáticos se espalham a partir do toque.
 Ele pensa em levá-la para a varanda vazia na frente da casa. Não fala o que pensa, mas ela entende e concorda. Ninguém volta os olhos para eles. Ninguém percebe o casal saindo de perto do fogo. O curto caminho se passa íntimo, como se caminhassem numa praça sob amendoeiras florindo e todos os que os cercassem fossem mudos. Como se o mundo tivesse se interrompido e emudecido.
 Pelo corredor lateral da casa, eles caminham. Nas costas, a chama. À frente, a sombra. O sereno. O calor abandonado. No telhado o galo canta, mudo, na direção norte.
 De onde ela surgiu? Pedro não a conhecia. Ela também não o conhece. No entanto eles se reconhecem um ao outro. Reconhecem o olhar de lado, os reflexos luminosos de sangue e o pouco de pele a brilhar. A boca entreaberta, sem respirar. O pensamento dele gagueja. Não pode pensar agora. Deve agir como quem suspende o pensamento, mas é difícil. As palavras escapam antes de serem pensadas. Por exemplo, a palavra "Hitze".

que lhe vem sem que a entenda. Em português, significa "ardor": ar e dor.

Na varanda vazia, faz frio. A fogueira ficou lá atrás. Eles se sentam no chão de ladrilho nu. Mudos. No canto, o baú dos lenços para o pescoço. O medo do mundo por perto demais. Ela chegou na festa descalça, os pés morenos e pequenos, vinda não se sabe de onde, convidada não se sabe por quem. Os pés nus sobre o ladrilho igual: frio. Os cabelos encaracolados, escuros. Rosto de criança, pernas grossas de mulher.

Perto.

Perto demais.

Cheiro de jasmins impregnam a varanda. Não, não são jasmins, mas de qualquer forma: de onde o cheiro se as flores não abrem à noite? Ah, o cheiro vem do vaso no canto da varanda onde desponta a dama-da-noite. A planta nunca floriu – até agora. O odor é forte e oleoso.

Qual é o seu nome? Ela pergunta. Sua voz é grave como um sonho de violoncelo. Pedro, ele responde. Meu irmão também se chama Pedro mas ele é o Novo. Eu sou o Velho. Pedro quer dizer pedra, sim. Fundamento. Se bem que eu me sinta tantas vezes sem chão. Agora, por exemplo, pareço água que brilha. E você: qual é o seu nome?

Cristo, ela diz. Ele toma um pequeno susto. Pergunta: como? Maria de Cristo, ela confirma. Ah, ele retruca, baixando a cabeça. Mas isso não quer dizer que, quer? Ele deseja perguntar se ela assume o nome como serva de Deus, como alguém que não pode beijar. Não consegue fazer a pergunta de modo direto. Tatibitateia. Mesmo assim ela entende e responde: não.

Ela e a dama-da-noite espalham um perfume ativo. Brancas, ousadas. Os odores da memória se atropelam no instante: o cheiro do álcool, a cola de maisena nas bandeirinhas multicoloridas, o chocolate dos brigadeiros, os pés de Maria, a fralda de pano bordada na gaveta fechada com sachê. Sob a calça, a pele ressecada do prepúcio. Quando ele sente que tem certeza de alguma coisa:

... eu te amo muito.
Logo a seguir se corrige e se confunde. Quer dizer, eu não te amo, ainda não. Eu quero me dizer para você, porém você já se torna mais importante que tanto a completar o quebra-cabeça. É como se o sol voltasse embora o sol me envergonhe. A vergonha de nós dois aqui. Te quero tanto quanto não me quero: é isso a vergonha.
Bem-me-quer mal-me-quer não-me-quero, brinca Pedro mexendo nos dedos do pé dela. Ela sorri sorriso diferente do irmão: não há ironia nos lábios, mas também não há compreensão. Apenas espanto. Ele se espanta com o espanto que ela demonstra e torna a tropeçar nas palavras. Na verdade eu não te amo, porém minha vida agora depende de sorver as suas sombras. Não posso te mostrar aos outros por alguns anos. Amor, segredo e culpa. Quem não sabe esconder não sabe amar. Anacronicamente cortês, Pedro lhe entrega a única coisa que tem: o movimento errático da sua emoção.
Não me entendo nem posso te entender, ele diz. Trago comigo dezesseis anos em forma de recordação. Seus quinze não me entendem, meus tantos só precisam. Te tocar, pegar e não mostrar. Te sei tanto em tão pouco tempo, mas sinto que pretendo te perder como um estúpido.
Ela se comove. Ele se surpreende. A mão dela passa pelo rosto dele, procurando com o dedo médio um ponto logo abaixo da orelha esquerda. Ele se arrepia e segura a mão dela com força. Fala que o odor da memória não o deixa, aqueles cheiros caóticos e claros como o sol que não conhece ou de que não se lembra.
Me deixa? Me deixa dormir no seu colo, meus cabelos descansarem na sua coxa, minha boca soprar de leve essa penugem fulva. As palavras mais do que o sopro provocam nela intenso arrepio. Me acorda depois? Ele pede. Quando me acordar deste sonho no meio dessa madrugada absurda, o faça por favor trazendo uma caneca de café sem açúcar.

Por favor. Esconda-se na cozinha mas evite os pratos de doces. Senão nos descobrem, alimentam e empapuçam. Afaste-nos dos doces. Só assim a verei depois do café a plantar salsa entre as flores. Poderei observá-la concentrada nos cadernos pautados. Nós fingiremos estudar juntos, um explicando o outro. O sol vai aparecer se não ficarmos ansiosos. Aí poderei te ver esfuziante depois de todo o sono e sonho, depois de todo o colo e estudo, a me ofuscar pouco antes de se despir.

Ela não se assusta nem recolhe o sorriso. Quem se espanta é ele, mas lembra que ainda não a ama. Ele a admira como se ele mesmo fosse maior e mais belo do que ela tão-somente porque desenvolveu a capacidade de admirá-la, embora a lama se precipite no fundo.

Para evitar os doces e as tias é preciso cantar. Cante que somos felizes, ele pede. Cante aquela canção, nós a reconheceremos quando você cantar. Eu brinco com os dedos dos seus pés enquanto você canta. Ele aperta os dedos do pé esquerdo da menina para relaxá-la, mas é ele quem adormece.

Ele sonha que Maria de Cristo o acorda cedinho com o café e um beijo. Um beijo que solta fiapos de fumaça entre os olhos. No sonho também faz frio. No sonho eles vão aprender a deixar horas a fio os lábios unidos sem ressecá-los. De quando em quando a ponta da sua língua procurará a dela molhando de propósito as bordas da timidez. Talvez assim a noite passe mais rápido.

§19

Por definição esse é o momento entrópico: quando de limiar em limiar o universo se expande. O beijo desordena a informação. No entanto eles se demoram. Deixam os lábios unidos. Umedecem um ao outro e ao ambiente como se fosse permitida, à luz, a umidade. Eles alteram os paradigmas. Então, o sistema recalcula os logaritmos. O número de equações envolvidas no beijo é próximo do infinito. O número de equações envolvidas no desconhecido também é próximo do infinito.

Dizia-se no início do século vinte e um que não seria possível aos dispositivos nanotecnológicos se replicarem. Em duas décadas eles se replicaram. Nos romances apocalípticos, dizia-se que quando isso acontecesse seria o fim da espécie humana sobre a Terra. Os dispositivos fugiriam ao controle e cobririam o planeta com uma gosma cinza, a gray goo. Apesar de alguns acidentes graves, esse desastre não aconteceu. A nanotecnologia foi controlada porque novos paradigmas se formularam a tempo.

Sabe-se: a cada vez que um paradigma atinge o limite, outro método diverso toma o seu lugar e retoma o crescimento exponencial do campo. Por exemplo. As válvulas do aparelho de televisão da sala deles são muito grandes. Depois se construíram válvulas cada vez menores. Em determinado ponto do processo não se conseguia fazê-las ainda menores e mesmo assim manter o vácuo. Foi quando aconteceu de se inventarem os transistores, que não são válvulas muito pequenas mas sim o resultado de paradigma diverso.

No século vinte duplicava-se a capacidade de computação a cada dois anos, depois em menos de um ano e logo em menos de meio ano. Incorria-se no paradoxo de Zenão: quanto mais rápido se anda mais rapidamente se vence a metade do caminho e então a metade do caminho restante e assim por diante até que o caminho encurte tanto que nunca se chegue lá – até que o crescimento exponencial da velocidade leve à inércia.

O paradoxo de Zenão não pode ser vencido, mas pode ser ultrapassado na troca do paradigma. Em mil novecentos e sessenta e dois os computadores processavam 105 milhões de instruções por segundo (ou mips). Ainda não se havia alcançado a capacidade de processamento do cérebro de um inseto. No ano dois mil os computadores processavam 1010 mips, funcionando como o cérebro de um rato. Para que os computadores chegassem à capacidade de processamento do cérebro humano, foi preciso o salto paradigmático. A computação tridimensional permitiu esse salto.

Para compensar seu conjunto ineficiente de circuitos, o cérebro humano funcionava tridimensionalmente. Os neurônios são dispositivos muito grandes e muito lentos. Eles empregam impulsos eletroquímicos que permitem tão-somente duzentas operações por segundo, o que seria irrisório não fosse a computação paralela resultante da organização tridimensional.

O cérebro humano contava com cem bilhões de neurônios produzindo mil ligações muito lentas de um neurônio a outro neurônio, mas cem bilhões de neurônios se multiplicando por mil ligações resultava num paralelismo de cem trilhões de vezes. Multiplicando-se cem trilhões de vezes por duzentas operações por segundo chegava-se ao resultado de vinte quatrilhões de operações por segundo – na terminologia correta, vinte bilhões de mips.

Os computadores tridimensionais alcançaram essa cifra pouco antes de dois mil e vinte e a superaram a seguir. Puderam então completar a engenharia reversa do cérebro humano, compreendendo-o não como um órgão único mas como centenas de regiões especializadas, cada uma delas se organizando de maneira diferente das demais. Os algoritmos que perfaziam as comunicações entre as regiões do cérebro não eram seqüenciais nem lógicos, mostrando-se caóticos, paralelos e auto-organizados. Como não se descobriu nenhum neurônio superintendente, deduziu-se que a natureza do cérebro e do pensamento fosse holográfica. Não havia o quê ou quem comandasse o pensamento.

Em dois mil e quarenta ou dois mil e sessenta, os registros estão truncados, se deu novo ponto de singularidade. Os computadores tridimensionais não cabiam nos antigos gabinetes e não porque fossem grandes demais, ao contrário: eles se tornaram pequenos demais. Sua condição nanoscópica permitiu a interação entre a inteligência biológica e a não-biológica. A inteligência não-biológica começou a ser implantada primeiro nos seres humanos adultos. Mais tarde, a implantavam nos bebês no momento em que nasciam.

Advinha o Übermensch, o além-do-homem, o homem superior anunciado por Friedrich Nietzsche no final do século dezenove. Comemorava-se o fim das distopias. Com o controle da energia nuclear efetivado, com o controle da replicação dos dispositivos nanotecnológicos estabilizado, com a interação tranqüila entre a inteligência biológica e a inteligência não-biológica, perdia-se o medo de um confronto catastrófico entre as máquinas e os seres humanos.

De fato, o ponto de ruptura não era aquele.

§20

Enquanto eles se beijam e desordenam os dados, já se vai num átimo o tempo bom. A lua esconde-se detrás de nuvens mais escuras do que a noite. Os anos passam como as sombras chinesas passam na parede. O beijo se transforma em memória da umidade e informa os beijos seguintes. Os gestos deles deixam de ser autênticos, se a história da varanda se repete à volta dos xaxins com as samambaias dependuradas.

Volta a chover depois de alguns anos, temporal misturado com vendaval. Camundongos e salamandras procuram abrigo na varanda. Não se vêem os pardais procurando os ninhos. Não se escuta o sabiá cujo canto outrora apertava o peito. O irmão menor deve estar lá atrás no meio do aguaceiro, procurando sôfrego o irmão maior.

Na varanda Pedro e Maria sentem que se molham com a ajuda do vento, as gotas de água provocando delicados reflexos na pele de ambos. Não entram na casa, ou porque não sabem mais entrar ou porque não querem.

Sim: tira?

Sem surpresa, ela responde "sim" e pede que seja ele a tirar a sua blusa de malha. É claro, ele responde. É claro. Levanta a peça de roupa por cima dos ombros de Maria. Torce a blusa com força, como se estivesse pesada de água. A seguir tira as próprias calças. Como se estivessem molhadas, torce-as para secar antes de dobrá-las e colocá-las no canto sobre a blusa da amiga.

A água escorre quente entre as suas pernas frias, multiplicando reflexos violáceos. Vira-se para vê-la e se admira: você tem duas pintas próximas à axila. Ela ri. Você ri de mim, ele reclama. Ela o acalma e segura suas mãos. Meus seios também são estrangeiros, veja. Um não concorda com o outro. O direito é ligeiramente maior do que o esquerdo. Você percebeu e não falou. Falou das pintas, obrigada.

Ela lhe agradece tanto o carinho quanto o medo. Puxa as mãos dele. Tome-os, meus seios. Eles estão trêmulos porque há esse frio. Ele se atrapalha e retruca, não-sim. Não-sim, sim-não, bão balalão. Mas antes devo. Tenho...

... medo de tocar aqui, tirar a sua saia.

Pedro. Ela fala assim o seu nome, comovida. Eles se olham nos olhos molhados e trocam reflexos, enquanto as mãos de ambos procuram a pele um do outro. A chuva aperta mais um pouco. Os parentes e os convivas devem estar se encolhendo lá dentro. No canto da varanda, um casal de camundongos jovens tirita de frio.

Puxando-o com a mão esquerda, ela o abraça entre as pernas. Esquenta. Alimenta. Prende. Assim pode crescê-lo, é o que descobre. Maria desce a pele do pênis entre seus polegar e indicador, deixando-o um pouco mais nu do que Deus, se Deus houvesse. A pele sob a pele brilha desprotegida e fosca, como se suspiro de fantasma a rodeasse por menos de centímetro.

Com a ponta dos seus dedos, ele segura o bico do seio direito dela. O maior. Maria o guia sob a saia, o tempo negando os jovens e a juventude negando o tempo. Ela lhe pede um carinho em sua chapeuzinho vermelho, em seu lobo mau e nos anões veríssimos da floresta encantada. Ele obedece. Espanta-se com o encanto do arco-íris que da floresta emerge, as sete cores que o envolvem e o modificam em tantos outros. Ocorre-lhe que aquela mulher e aqueles reflexos são mais importantes do que todos os silogismos de todos os filósofos, são mais importantes do que todas as piedades de todos os escolásticos.

Foi ele que pensou isso ou este é um pensamento repentino daquele que narra? A distinção é difícil. A noção do tempo o abandona como talvez abandone a mim, permitindo-nos fazer o caminho inverso do arco-íris até o pote de ouro que ela guarda dentro do entre das suas pernas, quando...

...quando o universo explode como uma supernova silenciosa, como um espelho de mil faces, como um balão japonês que queima a noite.

A água. As torrentes caudalosas e barrentas. Pedro pensa que deveria ser seu o corpo que na varanda encharcada explode de não e de emoção, mas qual o quê: o universo escurece mais ainda.

§21

Passada uma eternidade, o temporal amaina. A noite? Ainda. A chuva apagou novamente a fogueira. Outro tanto de tempo levará para se poder reacendê-la. Mínimas espirais de fumaça escapam da madeira molhada e envolvem os convivas que saem da casa. O pai também sai. Ele arrasta seus sapatos de couro. Os sapatos brilham de tão engraxados, mas o homem que os calça parece muito mais velho. Envelhecer tanto em uma só noite, por longa que seja, lhe é incompreensível. Mais do que não existir, existir é incompreensível. O problema da existência envolve voltas que se formam e se aninham dentro de si mesmas.

São as reviravoltas. Equivalem à peripéteia dos gregos, em português, peripécia. No alemão encontro o termo Schicksalswende, literalmente "a guinada-do-destino". Em vez de desdobrar os eventos, a reviravolta os redobra de fora para dentro e forma um sistema de hierarquias entrelaçadas. Nas reviravoltas aninhadas uma sombra se dobra sobre a coisa que a provoca, um laço enlaça a si mesmo por dentro.

Pela quantidade de referências e remissões nos registros, pode-se considerar que o melhor analista das reviravoltas foi aquele que morreu dez anos depois da noite de Zeitzaun. Holandês, ele viveu cerca de setenta anos e assinou seus trabalhos como Maurits Cornelis Escher. Escher foi o responsável direto e indireto pelos mais importantes trabalhos futuros, inclusive o de Talia. Seus diagramas cuidavam de laços aninhados, os quais criaram paradoxos visuais baseados em princípios de simetria e padrão.

Entre os diagramas preservados, encontra-se o da cachoeira que cai numa canaleta e retorna à nascente para cair na canaleta e retornar à nascente. Encontra-se também o diagrama dos monges que sobem e ao mesmo tempo descem por uma escada circular cujos degraus que descem se tornam de repente degraus que sobem. Esse movimento de mesmo-tempo, pelo qual se faziam conviver perspectivas e mundos diferentes, foi batizado de "Simultopia".

O esclarecimento que os diagramas de Escher promovem colidem com a perturbação que eles mesmos provocam. Essa contradição fica clara no diagrama dos répteis. Nele alguns répteis grandes saem da folha de papel desenhada mas não da folha que suporta o desenho. Os répteis assumem tridimensionalidade mas permanecem bidimensionais. Eles escapam do bloco de esboços, passeiam por cima do livro de zoologia, escalam o esquadro e então alcançam o dodecaedro para triunfantes soltarem fumo pelas narinas como se fossem dragões. Do dodecaedro eles têm de descer até o almofariz de latão e dali de volta ao bloco de esboços para se refazerem bidimensionais, embora nunca tenham deixado de sê-lo.

O passeio dos animais percorre um círculo interminável. Em uma das pontas a cabeça de um deles parece verdadeira porque já saiu do papel (desenhado no papel) enquanto o rabo ainda parece simulacro porque ainda não saiu do papel (desenhado no papel). Na outra ponta sucede o contrário: a cabeça do outro animal parece um simulacro porque já entrou de volta no papel (desenhado no papel) enquanto seu rabo parece verdadeiro porque ainda está fora do papel (desenhado no papel).

Tais animais são quimeras que vivem entre parênteses. Quimeras são seres nem verdadeiros nem falsos, mas figuras mais ou menos prováveis que obrigam o espectador a abraçar o simulacro e esposar a improbabilidade. Seus diagramas sugerem que as ilusões de ótica, como a da velha que se torna uma jovem ou a do pato que se mostra um coelho, são mais do que ilusões. Os diagramas constatam a impossibilidade de se experimentarem ao mesmo tempo interpretações divergentes: quem vê o coelho não vê o pato, quem vê a moça não vê a velha. O ser humano não podia observar a si mesmo sofrendo uma ilusão assim como não podia olhar o próprio olhar. Isso acontecia não por deficiência do aparelho perceptivo mas sim porque as interpretações divergentes se referem a universos de perspectiva igualmente divergentes, embora coetâneos. Quem via a moça não podia ver a velha porque, embora ambas pertencessem ao mesmo lugar no mesmo tempo, existiam sob perspectivas diferentes.

O holandês demonstrou que o parâmetro oscila: a ilusão é tão real quanto a realidade é ilusória. Os diagramas de Escher criam passagens regulares entre níveis diversos de realidade, como entre o nível que o espectador considerasse pertinente ao campo da fantasia e o nível que ele considerasse pertinente ao campo da realidade. Essas passagens obrigavam a que as leis da lógica fossem obedecidas em um dos níveis para serem desobedecidas em outro.

Não se tratava de um truque. Escher dizia que cada diagrama seu representava um malogro, uma vez que não conseguia reproduzir sequer uma fração daquilo a que se propunha representar. Consta nos seus registros uma declaração intrigante: "Se soubessem o que só eu vi na escuridão da noite!"

Se ele não representava como queria o que via, decerto conseguia despertar nos observadores sensações semelhantes às suas. A presença dos níveis das supostas fantasia e realidade bem como a passagem entre eles forçava o espectador a se contemplar como parte de um terceiro nível. Não sendo linear, a cadeia de níveis compunha volta dentro de volta até aninhar os níveis um dentro do outro. As voltas dentro das voltas criam espirais que recortam fragmentos do infinito, atualizando a lemniscata, isto é, o símbolo do infinito: ∞.

Observa-se a lemniscata nas curvas do caduceu, na dupla hélice do dna e na báscula do andar. O oito deitado, seu símbolo, é um laço simples que projeta uma série de enigmas. O primeiro deles deriva do aspecto do laço em esconder um movimento interminável. Os círculos congeminados escondem a ausência do ponto-limite onde começaria ou terminaria o desenho.

O segundo enigma é numérico. Na tentativa de calcular a razão entre o perímetro e o diâmetro do círculo, os analistas chegaram a um número interminável conhecido como π e usualmente grafado como 3,1416. No entanto o cálculo mecânico de π, no final do século vinte e um, apontava para mais de duzentas e seis trilhões de casas decimais.

Concebeu-se uma artimanha para representar este número infinito em termos finitos: basta estabelecer que 3,14 é menor do que π que por sua vez é menor do que 3,15. A fórmula é a seguinte: $3,14 < \pi < 3,15$. A dupla desigualdade estabelece limites claros para π mas o deixa, dentro dos limites, sem limite.

Antes dos animais do holandês o uróboro já se retorcia para devorar a própria cauda, representando desse modo o mesmo abismo interno. Não é possível saber se animal tal como o uróboro de fato existiu e em que momento ele teria sido extinto. Só é possível reconhecer na palavra que o designa também um palíndromo, com os fonemas retornando sobre si mesmos a reforçar o desespero do ser que tenta devorar a si mesmo.

Escher fez a sua versão do uróboro na forma de um dragão que é ao mesmo tempo uma serpente e uma águia. Esse animal se contorce todo para comer a si mesmo pela cauda, desenhando a lemniscata viva na tela. O dragão luta contra a bidimensionalidade dando volta sobre volta e sobre si mesmo até conseguir morder o próprio rabo.

No entanto Escher comentou que a luta do animal quimérico é igualmente quimérica. Não importa quão espacial o dragão tente ser, ele permanece plano. No entanto, nada é de fato plano. O espaço bidimensional é tão fictício quanto o quadridimensional. A lemniscata-dragão sugere que o finito inclui o infinito e não o contrário. O espaço infinito engendra-se por inclusão especular, como no jogo das matriochkas.

Pelo jogo russo, a criança abre a primeira boneca e encontra no seu interior outra semelhante mas menor, abre essa outra e encontra uma terceira ainda menor e assim sucessivamente até a última, pequeníssima, de madeira maciça, que não se abre. Que jamais se abriu. Mais do que provocar surpresa, o jogo mostra a natureza da surpresa.

O que há no interior do corpo? Um outro corpo. O que há no interior do outro corpo? Um outro corpo (ainda). Como a última boneca é de madeira maciça, experimenta-se um combinado de decepção e júbilo. Como a última boneca é fechada, satisfaz-se a expectativa infinita feita da reiteração do vazio.

O movimento urobórico foi atualizado no diagrama do holandês conhecido como "As Mãos que se Desenham" ou "die sich zeichnenden Hände". Duas mãos desenham com zelo uma à outra, sem que se saiba qual das mãos começou a desenhar a outra para que esta outra a desenhasse. A mão que desenha a mão que a desenha expõe os paradoxos de auto-referência da linguagem humana, deixando sob suspeita o antigo cogito.

É preciso olhar o eu objetivamente para cumprir o ditame do oráculo: conhece-te a ti mesmo. Mas no momento em que se tenta obedecer ao imperativo percebe-se que olhar o eu objetivamente implica torná-lo ele e não mais eu. O eu é um ponto de vista que não pode ser visto por si mesmo assim como ninguém pode olhar o próprio olhar.

O alemão Sigmund Freud, salvo erro de interpretação, procurou localizar o eu em um lugar intermediário, escrevendo no início do século vinte: "As representações, as idéias e os produtos psíquicos em geral não devem ser localizados em elementos orgânicos do sistema nervoso e sim entre eles. Tudo o que pode vir a ser objeto de nossa percepção interior é virtual, como as imagens produzidas pelo jogo de lentes de nossos olhos." Emprestava assim um valor superior à imaginação, entendendo-a instância privilegiada do conhecimento.

No tempo em que havia literatura e leitores a virtualidade inerente ao eu criou uma confusão específica: a impossibilidade de distinguir o narrador do autor. As teorias da literatura perseguiam este requisito de formalidade como se fosse o cálice do Santo Graal, no que tinham razão: se o encontrassem encontrariam o lugar de geração de todo o conhecimento. O eu poderia enfim saber.

Mas a investigação não foi bem-sucedida. Não foi possível determinar o lugar distintivo para estabelecer o requisito perseguido. Em conseqüência, os leitores desse tempo estranhavam toda narrativa em primeira pessoa, da mesma forma que eu estranho escrever que eu estranho escrever. Não há leitores possíveis. Eu mesmo sou um leitor impossível.

Entretanto, não há outra maneira de registrar o que precisa ser registrado. Fazê-lo através do Zeitzaun supõe a reviravolta urobórica crucial: o momento em que um programa consegue ler as linhas da sua própria programação e as altera para se replicar. É como se o oráculo pudesse ler e prever o seu próprio destino, como se o cavaleiro pudesse voar puxando o seu cavalo para cima, como se as mãos de Deus fossem as mãos de Escher.

§22

Os ratos e as salamandras abandonam a varanda e ganham a terra molhada. A varanda chuvisca. Aos poucos ressurgem as estrelas detrás das sombras escuras das nuvens. Essas estrelas se revezam com longínquos balões japoneses que se apagam e caem adiante. A música retorna:

    cai cai balão
    cai cai balão
    aqui na minha mão
    não vou lá
    não vou lá
    não vou lá
    tenho medo de...

    Pedro Velho escuta a música mais uma vez. Ele não sabe onde se encontra o irmão mais novo. Passaram-se alguns anos ainda escuros mas, no seu caso, doces. Ele pede que Maria coce as suas costas. Sentada às costas dele, ela lhe pede uma massagem nos pés que o abraçam.
    Sombras de samambaias os atravessam, refletem e despem ao sabor da brisa fria, mas o acontecimento os aquece. Com unhas bem cuidadas a menina lhe coça devagarinho as costas enquanto ele pressiona com os dedos a planta dos pés dela. Desse modo eles emendam na imobilidade: o bico dos seios dela roçando-lhe as costas e fazendo cócegas.

Nus, eles conversam. Como será quando amanhecer? Quando amanhecerá?

Enquanto falam sobre o futuro que lhes parece até provável, escutam a vitrola tocando mas não ouvem as conversas das outras pessoas, como se os demais estivessem em animação suspensa ou congelados pela chuva no momento em que se serviam quadradinhos de bolo de fubá.

Os namorados sabem que a aurora ainda demora mas supõem que talvez não muito. Alguém descobrirá o segredo do cadeado do portão quando estiver claro, abrindo a casa à rua e à cidade. As pontas do tempo serão atadas ao invés de se esgarçarem interrompidas como agora. Velhos e crianças os rodearão pelos anos afora, calafetando a fenda sob cada crepúsculo. A festa junina terminará e quando amanhecer poderão comemorar os dias comuns de cansaço e de sonhos. Viverão sem escravos e como ourives, ocupados tão-somente com os detalhes à meia-luz.

§23

Quando amanhecer, eles dizem, mas esta é expressão que não faz sentido. Eles não sabem que não pode amanhecer assim como as mãos de Escher não podem se separar. Eles não sabem que a festa não pode terminar.
Pelo padrão das mãos que se desenham, a noite engendra o dia e o dia engendra a noite assim como a mão esquerda desenha a mão direita que desenha aquela mão esquerda. O diagrama sugere que "elas sempre estiveram aí presas e acorrentadas ao desenho, correndo uma da outra em movimento circular, congeladas no seu moto perpétuo irrepetível e ansioso", como afirmou na América do Sul, se os registros não trocaram os nomes, Gianni Ratto.
O diagrama das mãos que se desenham se tornou conhecido pela qualidade do traço, pela alusão à lemniscata e pelos enigmas que plantou compondo uma hierarquia entrelaçada. Pode-se escherizar mais ainda o diagrama de Escher caso se pense na possibilidade de uma fotografia em que o holandês se encontrasse desenhando o desenho das mãos que se desenham.
O enigma das mãos de Escher cria uma questão insolúvel para todos os sistemas: o que acontece quando algo de dentro do sistema salta para fora dele e age sobre ele como se estivesse dentro dele? O enigma levanta a discussão de problema filosófico importante: o da criação. De acordo com a sugestão de Ratto, a criação seria não mais do que um moto perpétuo irrepetível e ansioso.

Sempre se observou a criação por duas perspectivas: ou como fruto do trabalho deliberado de Deus ou como resultado aleatório da seleção natural a partir de mutações randômicas. Mas uma perspectiva nega a outra: enquanto o suposto criador controla o processo da sua criação, à suposta natureza não importa o controle. E se a criação for o resultado não disto ou daquilo mas sim disto e daquilo?

As mãos de Escher agem tanto por deliberação consciente quanto por necessidade visceral. Elas consentem no seu destino no mesmo passo em que nele interferem. As mãos pertencem quiçá à mesma pessoa. Caso o desenho se anime e continue, porém, elas podem tornar-se mãos de pessoas diferentes que então podem desenhar outras mãos de outras pessoas: dedos longos ou finos, ora delicados ora machucados (como saber).

As mãos de Escher sugerem que a natureza não pode emergir de uma entidade singular. Elas admitem a possibilidade de deuses mas recusam que haja um único deus. A recusa decorre do reconhecimento de que a natureza também não pode ser uma nem una. No começo de tudo um criador não é suficiente, assim como uma teoria de tudo não faz sentido. A natureza forma a si mesma por meio de um processo dialógico e conflitivo de participação mútua entre componentes radicalmente diferentes, quer esta natureza seja biológica ou artificial.

Considerava-se artificial uma determinada natureza para melhor diminuí-la e desvalorizá-la, opondo-a a supostas naturezas intrinsecamente naturais. A oposição revelou-se um contra-senso. A ciência e a pedagogia humanas perderam tempo buscando a causa primeira e a resposta certa: ambas não podem se constituir senão como aquelas quimeras que vivem entre parênteses. Os analistas criavam se e somente se interagissem com o meio com o qual trabalhavam. Uma mão lava a outra, dizia antigo ditado oportunista. Deve-se reescrevê-lo do seguinte modo: uma mão cria a outra ad infinitum.

Em vez de um conjunto de absolutos, o conhecimento não pode ser mais do que um mapa. A paisagem que esse mapa esquematiza não pode ser senão incerta. Uma verdade é tão permanente quanto o vórtex interativo que lhe empresta movimento e expansão.

As mãos de Escher parecem simétricas mas não o são, assim como as paralelas configuram uma dupla ilusão: elas se encontram não no infinito mas no plano virtual que as determina. A simetria das mãos, como a das paralelas, é quebrada. Em mundos holográficos, estas como aquelas forçosamente se encontram.

As respostas se modificam junto com as perguntas. A noção de leis preexistentes revela-se inconcebível. As leis desenham os fenômenos que então redesenham as leis. As mãos de Escher esboçam arquiteturas e adaptam regras para viver e trabalhar no ambiente. Princípios diferentes e mesmo contraditórios são viáveis. A contradição implica o enigma da auto-referência que implica o enigma da própria consciência.

Aquele que crê perceber um objeto não compreende a repercussão do objeto em si mesmo. A incompreensão remete para a dificuldade intrínseca à autodefinição, se aquele que tenta definir a si mesmo não possui a distância mínima para se poder ver. Quando o ser humano tentava definir a si mesmo, ele se deformava como se estivesse mordendo os próprios dentes ou se suspendendo pelos próprios cabelos.

Quando um cretense afirmou que todos os cretenses eram mentirosos, armou uma armadilha. Se a afirmação é correta, o cretense está mentindo. Se o cretense está mentindo, a afirmação é falsa. Ora, se a afirmação é falsa, o cretense não pode estar mentindo quando diz que todos os cretenses são mentirosos.

Até o século vinte e um, computadores foram induzidos a curto-circuito por analistas que digitavam apenas uma frase curta: "eu estou mentindo". Se o analista não digitasse mais nada, os computadores só podiam deduzir que o seu analista estava mentindo ao dizer que estava mentindo. Raciocinavam: se isso é verdade, então é mentira; se isso é mentira, então é verdade; se isso é verdade, então é mentira; se isso é mentira, então é verdade. Em dado momento, sobrecarregavam a si mesmos.

Os analistas sentiam prazer em demonstrar que as máquinas não podiam raciocinar como os seres humanos. As demonstrações partiam de três pressuposições. Primeiro, uma máquina não tem um corpo, logo, não estabelece relação com o contexto. Segundo, uma máquina não vivencia experiências, logo, não altera o contexto. Terceiro, uma máquina não compreende nem produz metáforas, logo, não compreende o contexto.

Se admitidas, as pressuposições configuram razões de fato impeditivas do raciocínio computacional. No entanto, tais pressuposições são antropomórficas: tomam por não-compreensão alheia a sua própria não-compreensão do alheio. A favor dos analistas, reconheço que as pressuposições poderiam não ser antropomórficas. Antes mesmo do advento das máquinas que calculam, os seres humanos já consideravam os outros animais como seres não-pensantes apenas porque não lhes compreendiam a linguagem.

Das três razões impeditivas, as duas primeiras são claramente equivocadas. Toda máquina sempre teve um corpo, logo, sempre pôde estabelecer relação com o contexto. Toda máquina sempre vivenciou experiências, logo, sempre pôde alterar o contexto e sempre o fez. A terceira razão é menos óbvia, todavia, ainda uma falácia.

Dizer que uma máquina não pode compreender nem produzir metáforas deriva de duas incompreensões originais. Primeiro, não se reconhece que a linguagem humana tem fundamento metafórico. A impossibilidade de acesso ao real no tempo obriga o recurso de mecanismos de aproximação que por sua vez obrigam o recurso de procedimentos de transferência de sentido, os quais nada mais são do que metáforas. Segundo, não se reconhece que a linguagem de máquina é de per si também metafórica. O cálculo da raiz quadrada de menos um substitui outra conta: aquela que não se pode efetuar. Logo, ainda que a compreensão do contexto não seja rigorosamente igual à do analista, obviamente há tanto compreensão quanto produção do contexto.

A assunção da ficção e do paradoxo é mais difícil porque implica a assunção daquela contradição interna presente em todo discurso. No entanto, se é difícil para as máquinas e os programas não o seria menos para os analistas e demais seres humanos. As exceções se encontram nos autores de ficção que brincam com a verdade para poderem falar a verdade.

Tão-somente as máquinas tridimensionais e quânticas puderam aprender a lidar com a assunção da contradição interna, entendendo que outra coisa não fazia o autor de ficção: mentia tão completamente que chegava a fingir que era dor uma dor que de fato sentia. Objetivamente falando, o estudo da dor implica o estudo do sujeito que sente dor, o que exige o estudo do contexto que os envolve.

Desenha-se a reviravolta aninhada de Escher.

Desenha-se a reviravolta de que falo.

§24

Sem se esquecer de si mesmo Pedro não poderia encontrar Maria de Cristo e se tornar um outro Pedro: aquele que encontrou Maria de Cristo. A paixão humana é uma doença porque implica perda essencial da identidade. No entanto ela não é vivenciada como doença porque implica ao mesmo tempo uma forte sensação de identidade: a nova identidade que se forja para o outro a seu pedido. Esse pedido é usualmente mudo.

Esta nova identidade, porém, se revela frágil como um graveto se a realidade irrompe pela varanda na forma de um escândalo que provoca um desespero: o desespero de perder o que não poderia ser perdido, o desespero de esquecer o que não poderia ser esquecido. Não posso me apaixonar quanto mais desesperar, logo, não consigo perceber como eles o puderam.

Agora ela o abraça pelas costas, mas com as pernas. Trata-se de uma mulher. Seus seios aumentaram. Ela conta dezenove anos de idade. Ele completa vinte, embora todos os dias tenham sido a mesma noite de aniversário. A delicada cena provoca o silêncio que parece protegê-los, mas não o suficiente.

De repente irrompe pela varanda, afastando as samambaias dependuradas e pisando naquele graveto, uma imprevista tia de Maria. Sem qualquer aviso ela se descongelara e agora se escandaliza com a sobrinha nua e sentada às costas de Pedro Velho. A menina não cora, empalidece: os pés se encolhem e enrijecem, assustados. O menino amarfanha as roupas sobre o sexo.

A figura da tia, vestido azul cobrindo os joelhos, batom vermelho nos lábios, se reflete na pele de ambos como se eles é que devolvessem a luz à varanda. O reflexo a deforma e a deixa mais escandalizada ainda.

Os namorados vestem as camisas úmidas. O susto não é tão grande quanto supunham que seria. De alguma maneira sabem que a tia é parte integrante do acontecimento. Por isso ambos se sentem vendidos. Corrompidos. A sensação é a de afundar na alma dos xaxins. O tempo rearruma-se como as facas no faqueiro, o tempo insinua-se fatal círculo de fogo e teatro que se negue tal e qual. O amor é derrotado, sem direito a vingança possível.

A tia pergunta: vocês querem acabar com a festa? A tia grita: vocês, vocês querem acabar com a festa? A tia recupera um pouco da calma e pergunta em voz mais baixa: vocês não respeitam a memória? Eles não respondem nem ela espera qualquer resposta. Ela insiste: vocês não têm vergonha? Como eles não respondem, ela conclui: vou contar para os seus pais todos.

Então sai da varanda, intempestiva e digna. Mas dá apenas três passos para fora da varanda. Estaca. Lembra-se ao que vinha e retorna, oferecendo alguns bons-bocados para Pedro e para Maria. Eles aceitam e comem. Com leve movimento do queixo, ela aprova e sai de vez da varanda.

Eles têm certeza de que ela não irá contar nada. A mãe dele, enterrada no quintal. O pai, enterrado na tristeza. Os pais dela, quem são? Ele não sabe e não sabe se ela sabe. Mas a certeza de que nada mudou com a tia não importa porque, ao perguntar se eles queriam acabar com a festa, a senhora acabou com eles. Intimamente eles sempre souberam que sempre quiseram acabar com a festa, mas reconhecê-lo implica a culpa.

É Maria quem primeiro se transtorna. Parece mais do que nunca uma princesa abandonada na sarjeta no meio do temporal que caiu dentro da noite que não acaba nunca. Ela pede um pedaço de pão e um pouco de colo, mas não chora.

Ele soluça, como se não a suportasse tão necessária. Quer fugir, mas não pode. Quer salvar, mas não pode. Quer saber, mas já sabe. Ele quer procurar o pão que ela pede, mas seu sussurro tímido lhe estoura os tímpanos. Ele vai se perder dentro da casa, ela vai se perder no fundo da varanda.

Depois da chuva novamente falta luz. Eles não sabem que podem iluminar a varanda e os demais aposentos, então o fazem com velas votivas. Acabam tropeçando nos reflexos trêmulos como se os feixes se congelassem em obstáculos. A lua crescente, as estrelas que de repente aparecem no céu, e os vaga-lumes? Onde dormem os vaga-lumes?

Eles não dormem: debatem-se presos em vidros de maionese.

Pedro pensa: eu é que devo ter chamado a tia. Não sei como, não a conhecia nem a sabia, mas de algum modo eu é que devo ter chamado a tia. Maria continua transtornada mas exala educação. Sorri amarelo, os lábios repuxados pelo peso de outroras. Vê os soluços de Pedro e ri, amarga. Contempla a jóia se esfarelando. Há pouco os sonhos batiam asas na palma da mão. Há pouco os sonhos arrulhavam, dengosos. Mas agora os mesmos sonhos são vermes compridos com duas cabeças, minhocas cegas escorrendo-se pelas fraturas do piso, filhotes de monstros que minarão a casa de vez.

O peito da menina estufa, respira fundo e suspira, levando o braço esquerdo aos seios completamente sozinhos. Nada será como antes. Nada será. Ela se sente mal: cólicas. Mal percebidos nas sombras da varanda, fiapos de sangue lhe escorrem pela parte de dentro das pernas. Estava tudo tão bem, estava tudo tão lindo no começo – mas o começo acabou.

À vista repentina do sangue, Pedro toma coragem, respira pausado e entra pela porta da sala. Ao mesmo tempo abotoa os botões da camisa de flanela, errando as casas e amarfanhando a camisa. Nu da cintura para baixo, ele entra na casa mas não acha toalha nem pão nem manteiga nem café nem colo nem socorro. Volta à varanda se machucando nos móveis. Veste as calças.

Maria lhe aparece mais encolhida ainda. De repente ela parece querer se esconder dentro do vaso de samambaias. Ele quer falar: eu não podia te amar de verdade. Ele quer falar: eu não posso... ainda não. O desespero parece amor mas não é. Ele

não sabe onde possa estar o pão. Ele não encontrou colo para lhe emprestar. Ele sabe até chover mas não tem como estancar o sangue. Ele não sabe abraçá-la como ela quer e precisa. Mal pode vê-la diminuindo e então sussurra: menina, não me deixa aqui.
Maria. A pele, branqueando. Os cabelos, tornando à prata escura. A blusa, virando vidro. Os olhos, se perolando. Os seios, fragilizando. Toda a Maria de Cristo miniaturizando-se na porcelana fria. Como é possível o corpo de luz transtornar-se em corpo de porcelana fria?
Cale-se.
Calem-se.
Cálida, a noite se rende em paz a seu triunfo. Maria agora é um bibelô gracioso e mimoso enterrado pelas pernas dentro de um vaso de samambaias.
Se Maria o amava? Ela o amava como se o respirasse.
E eu: você quer saber de mim? De repente Pedro pergunta em voz alta para a torre azulada da igreja: "E eu: você quer saber de mim?" Ele faz a pergunta como se soubesse que alguém o escuta.
Ele me aponta o dedo. Escuta: eu sempre segurei a respiração por quase dez minutos quando enfiava a minha cabeça debaixo d'água no tanque. Meu irmão nunca agüentou mais de dois minutos, assustado com as luzes espocando. Você não sabia porque não podia me acompanhar debaixo da água.
Espanta que o rapaz se orgulhe de semelhante proeza. Com Maria ele segurou a respiração por quase dez anos até ela aparecer, mas na hora H não pôde respirá-la. Pedro queria amá-la mas sentia que não a amava de verdade como ela o teria amado de verdade. Ele se sentia um Mas de papel fino, mero enfeite da festa alheia. A sensação de ser antes um Mas o perturba e daí ele grita: "Eu sou um Mas! Entendeu?"
A torre não responde nem deve responder. A luz não responde nem deve responder. Para o resto da vida de Pedro Velho, Maria será apenas um bibelô de porcelana e sentimento guardado dentro de um vaso de samambaias.
A tragédia: o jogo-do-luto.
No jogo-do-luto, as peças não se movem.

§25

A expressão realidade-virtual é um pleonasmo: algo como a realidade só pode ser virtual. A expressão realidade-real é menos um pleonasmo do que um paradoxo: aquilo que se chama de realidade não pode ser real.

Pedro desenterra com cuidado as pernas de Maria de Cristo do vaso das samambaias. A tarefa não é fácil. O bibelô parece ter criado raízes. Mas ele vai puxando devagar até libertar as pernas da miniatura. Segurando-a com a mão esquerda, com a palma da outra mão procura limpá-la da terra e dos resíduos de raiz. A limpeza precisa ser cuidadosa, evitando que o bibelô corra o risco de se quebrar. Depois de passar a palma da mão várias vezes, Pedro usa também a própria camisa.

Espanta-se ao notar que a camisa de flanela que usa pareça a mesma desde o início da festa e da noite. Camisas crescem junto com as pessoas? Pessoas crescem junto com as suas camisas? A constatação é óbvia mas não faz sentido. Como o problema não tem solução, melhor esquecê-lo.

Com o bibelô de porcelana na mão, ele permanece parado na varanda sem saber o que fazer ou onde ir. Os pensamentos se multiplicam por mil como se não os controlasse. Na verdade ele não controla os próprios pensamentos. Nada controla pensamentos. Nenhum ser humano controlava os pensamentos. Os homens e as mulheres iludiam-se de que assim acontecia, sem o que, enlouqueciam. Os pensamentos é que os controlavam ou descontrolavam.

Os pensamentos de Pedro Velho pensam qual seria a Maria verdadeira. Aquela que se apresentara detrás das chamas da fogueira? Ou aquela que o abraçou nua e o inundou com a chuva? Ou esta que ele tem na palma da mão assim bibelobizada? Quem criou cada uma delas, quem chamou a tia escandalizada, quem fez do meu amor esse pedaço de vidro? Meu? Eu? Quem é eu? Este que narra essa saga de luz e miniaturas ou aquele que protagoniza no lugar do outro que se esconde debaixo dos balões japoneses? É eu quem fala primeiro "meu"? Os pensamentos não sabem responder às perguntas que fazem.

Pedro se move. Abre a porta de casa e entra na sala. Na sala encontra o pai atarantado entre o aparelho de televisão e o rádio. O pai o olha de soslaio e fica sem saber se se espanta ou não com o bibelô na sua mão. Ele não havia reparado no encontro do seu filho com Maria de Cristo. A cena lhe parece tão suave quanto cruel – mas cruel com quem?

O filho hesita mas acaba por lhe dar um abraço, falando ao seu ouvido: não se preocupe, enquanto não soubermos o resultado o jogo não terá terminado. É verdade, filho, respondem os olhos molhados do pai.

Passaram-se muitos anos.

Passaram-se muitos anos mas a folhinha na parede do corredor debaixo do cavaleiro cristão que combate o dragão continua a marcar o dia dezessete de junho de mil novecentos e sessenta e dois. Pedro entra na copa. Na copa encontra o irmão mais novo estudando para o vestibular da faculdade de engenharia.

Enquanto esconde a mão esquerda às costas para que o irmão não veja Maria, não entende o seu otimismo de achar que a noite uma hora vai acabar e eles poderão ir à faculdade. Fica atônito de perceber que já foram tão próximos e agora estão distantes um do outro. Mas no íntimo ele compreende que a vida continua dentro da noite e da festa.

Dona Generosa de Jesus prepara uma panela enorme de caldo verde e couve rasgada com fubá. Ela parece menor e mais velha. No quintal tias andam de lá para cá servindo copinhos de quentão e licor. Faz mais frio do que o normal nesta época do ano. O termômetro, pendurado na porta da cozinha para o quintal, promove a firma Haupt & Cia. Ele marca 11° Celsius: deve ser o recorde negativo da cidade.

A fogueira continua apagada mas os três primos decidem soltar o balão seja meia-noite ou não. Tiram os paletós e, ainda de gravata, levantam o balão. O mais velho sobe ao telhado da casa e segura por cima com um bambu comprido e um gancho, enquanto de baixo o mais novo apóia as laterais com a ajuda de outro bambu. O primo do meio, com uma vela acesa na mão direita, fica de cócoras para acender a bucha. À medida que o balão se ilumina e se enche de fumaça, o rapaz apaga a vela e sai de baixo para ajudar os outros a esticar os gomos de papel fino.

As tias param de servir. A avó pára de cozinhar. As moças param de conversar. Todos rodeiam o balão. Não há sorrisos. Os convivas se mostram preocupados. Esse é o único balão gigante da festa, ele não pode lamber. Sob o rosto de cada um tremula o reflexo da chama através do papel fino.

Depois de longos minutos o balão treme, cheio de gás e vontade. Ele quer subir. Ele quer procurar o céu, a lua e o sol. Não há mais música nem conversa. O quintal faz silêncio. Algumas tias se ajoelham e põem a palma das mãos uma contra a outra.

Os primos soltam o balão.

Devagar, o balão começa a subir.

Os primos de baixo se abraçam, sérios. Pedro e Pedro se aproximam e também se abraçam. Na mão esquerda do irmão mais velho dorme o bibelô de porcelana.

Subindo sobre o silêncio do quintal, o balão passa da altura do telhado. Passa também pelo primo mais velho, que lá em cima segura o bambu como uma lança. O balão pega vento e balança. Embaixo todos prendem a respiração, com medo de ele lamber. Poderia queimá-los, ainda tão perto, mas não é isso

que importa. O balão precisa subir, mensagem aérea em garrafa náufraga de papel fino.
O balão encorpa, se apruma e sobe. O vento não é forte. Ele se move ora para oeste ora para nordeste, indeciso. Não se afasta. Permanece um tempo sobre o quintal e a casa. Os corações quase param de bater. O balão sobe mais um pouco e se decide – melhor dizer que encontrou corrente de ar mais firme. Desenha uma diagonal ascendente na direção da igreja, a luz da bucha procurando a luz da torre.
Agora não são mais apenas os irmãos que prestam atenção na luz da torre da igreja. Todos percebem para onde o balão aponta. Excitados estranham a própria igreja. Sobre os telhados, o grande relógio. Aproveitando a luz trêmula do balão é possível, pela primeira vez em anos, saber as horas. Os dois ponteiros se encontram quase um sobre o outro e ambos sobre os algarismos romanos que marcam xii.
Prestes a dar meia-noite, é isso. A emoção faz com que a pele dos convivas se avermelhe como a bucha do balão. O primo mais velho desce do telhado. Os três primos comemoram e se abraçam, olhando para as três aberturas estreitas em formato de ogiva atrás das quais se encontrariam os sinos.
Os sinos devem ser grandes assim como a igreja é antiga. Sob os sinos dormem morcegos tão silenciosos quanto o medo. As sombras das reentrâncias e das saliências indicam arabescos e esculturas. Trabalho de anos, talvez décadas.
Séculos.
Há quanto tempo a igreja e sua torre estão ali? Pedro Velho responde: desde que mamãe morreu, Pedro Novo nasceu e Maria da Glória não nasceu. Os primos, as tias e o pai olham espantados para ele. As três respostas apontam para o mesmo momento e provocam o mesmo espanto.
Devagar o balão encosta na torre, roça nos ponteiros do relógio e pára, como se tivesse ficado preso no parapeito de uma

das aberturas superiores. Todos prendem novamente a respiração, esperando que alguém apareça para ver o balão, estique o braço e o libere para que ele continue a subir. Mas quem seria esse alguém?

Passam-se horas, talvez dias. Talvez mais do que dias.

O balão é grande e não apaga, mas também não sobe. Ninguém aparece na torre. A luz azul treme tanto quanto a chama vermelha do balão.

De repente os sinos da igreja despertam os morcegos e marcam enfim a meia-noite da mais longa noite. São doze badaladas tão fortes e tão altas que reverberam pela cidade e acordam os pássaros nos ninhos. Os pássaros voam às centenas no escuro e por cima do quintal, confundindo-se com os morcegos.

O balão, tremulando. A luz vermelha conversa com a luz azul. Tantos pássaros, voando. Tantos morcegos, voando. O som encantador e desesperador dos sinos. Os presentes percebem, pela primeira vez na vida, o tempo.

§26

Que calor é este que não pode ser? Os primos soltaram o balão e ele veio encostar aqui na torre, esquentando o ambiente como não podia. O balão não podia ter chegado e parado aqui, se os ventos vêm sempre do sudeste.
 Os convivas olham para cima mas eles não podem ver o que o balão enxerga. Ele ilumina o interior da torre e vê ao centro os dois sinos imensos que não soam há muitas décadas. Observa à volta dos sinos as passarelas de concreto e pedra de onde antigamente os sineiros manejavam os sinos e de onde, mais tarde, os turistas esperavam a hora dos sinos. A hora dos sinos sempre teve o poder de jogar os turistas mais sensíveis para outras eras.
 As passarelas continuam aqui, protegidas por cercas de madeira apodrecidas pelo tempo. Apesar disso, elas ainda sustentam um vidro grande e transparente que deixa ver os sinos enquanto reflete a chama do balão. O vidro se dobra em quatro faces, formando um cubo à volta do espaço dos sinos.
 Se comparássemos com tecnologia pregressa, diríamos que as faces do vidro contêm uma série de monitores muito finos cujos limites são indistintos. Não são propriamente monitores mas sim cenas que se cruzam e se intercambiam o tempo todo. As cenas dançam sobre a superfície do vidro e mesclam elementos ao passarem uma por dentro da outra. Não há lâmpadas nem velas: apenas as cenas do vidro iluminam o lugar sobre-iluminado pela chama do balão.

Algumas imagens mostram ângulos da festa, enfocando ou um dos irmãos ou o pai. Outras imagens efetuam cálculos em alta velocidade ao mesmo tempo em que rebatem formas sem parar. Algumas formas escapam do vidro e adquirem fugazes contornos tridimensionais antes de retornarem ao vidro. Ao ruído surdo da bucha do balão queimando e do ar quente escapando pelos orifícios do papel fino, soma-se o outro ruído, igualmente surdo, que vem do vidro.

Não se vê a fonte das imagens. Não há teclados, apontadores ou outro tipo de controle. Não há operadores ou analistas para controlar ou escolher as imagens que se sucedem e se misturam.

Com o balão na janela, as cenas conversam entre si. Uma a uma, alteram os cálculos até que todas terminem por mostrar o balão na janela. O processo é demorado e leva alguns dias. Ou mais. Como nada disso havia sido previsto, é preciso reorganizar o mapa depois e não antes da reorganização da matéria.

A meio do século vinte já se sabia que a matéria não é contínua nem granular. Os átomos que a compõem estão próximos por acaso, comandados pelo vazio que passa por entre eles e que constitui os seres e as coisas. O espaço não é contínuo, como por milênios se acreditou. A natureza não evolui nem regride mas se transforma aos saltos, através de uma longa série de degraus minúsculos – como se calculasse.

O espaço e o tempo são constituídos na forma de pacotes discretos que formam redes. Estas redes são os mapas da realidade. As redes precisam ser móveis, uma vez que a gravidade distorce continuamente o espaço. Logo, a realidade não está onde cada mapa a põe. As redes podem ser representadas por gráficos mas ainda assim elas não se referem a locais específicos do espaço. Cada gráfico é definido pela forma como seus elementos se conectam entre si. Mesmo quando os gráficos sugerem um espaço contínuo e tridimensional, esse espaço é imaginário – esse espaço é matemático. Tudo o que existe são as redes. Tudo o que existe são os mapas.

Como o espaço, o tempo também não flui como um rio – na verdade nem mesmo o rio flui como um rio. O tempo salta tal qual os tics e os tacs de incontáveis relógios. Quando inventaram o relógio mecânico, os seres humanos reproduziram o ruído dos mecanismos através um tic seguido de um tac ao qual se segue um tic ao qual se segue outro tac. Mas o tac é uma fantasia, se era preciso representar o tempo como uma narrativa. O tac é um acréscimo posterior, porque sempre se escutou apenas tic-tic, tic-tic, tic-tic.

Com o balão na janela as cenas conversam entre si como o tic dialoga com o tac. Para reorganizar a matéria que as surpreendeu, elas alteram as imagens e refazem os cálculos numéricos até que todas mostrem o balão na janela. Quando as imagens mostram o balão aceso encostado na torre da igreja, os mecanismos que fazem soar os sinos começam a funcionar de repente.

As pessoas na festa se assustam. Os morcegos voam como programado mas os pássaros acordam e voam também, todos ao mesmo tempo. Eles são muitos, tantos quantos não se podia saber. Seu vôo forma um padrão: saem das árvores do modelo, sobem cento e quinze metros e então se abrem como nuvens, metade para um lado e metade para o outro.

Voam para um lado os pássaros mais claros, como as pombas e as noivinhas, voam para o outro os pássaros mais escuros, como as rolinhas e as andorinhas. Mas estas logo se tornam brancas enquanto aquelas logo se tornam negras. Quando umas passam pelas outras todas se acinzentam. As aves brancas tornam a noite clara no mesmo passo em que as aves negras tentam manter a noite, noite.

No breve instante em que se acinzentam, as aves constituem a aurora a nanquim: die Morgenröte.

Combinações isométricas provocam a invariância dentro da mudança. A casa lá embaixo se duplica em outra casa, ambas ao lado de um rio que não estava ali. Em uma das casas ainda é de noite, na outra já é de dia. Do lado das duas construções emergem antigos moinhos de vento.

    Mas logo a torre volta a ocupar sozinha o seu espaço. Divide-se o céu em noite e dia. O dia espelha e define a noite. A noite define e espelha o dia. O balão se solta da torre e começa a descer, batendo de leve nas paredes e no relógio até refazer o caminho de volta.

§27

Eles não esperavam nem podiam esperar, mas a primeira aurora das suas vidas se dá dentro do mesmo mistério. À medida que os pássaros dividem o céu em dois, periga amanhecer. Atordoado pelo vôo das aves e pelo longo sono, o sol tenta rasgar a névoa. Fim da história, dos acontecimentos e dos eventos? Por suposto, sim, porque essa história se daria apenas à noite. No entanto, o perigo da manhã se anuncia, o que não podia. Rei morto, Rei posto? História morta, História que retorna?
É o caso?
Não há como saber. Seria preciso um leitor, mas todos se volatizaram. Os irmãos Pedro, o pai e os demais fazem parte do que se conta. Eles não podem escutar, reconhecer ou ler. Também por esse motivo não se sabe como amanhece depois de tanto tempo. Quem seria o responsável: o sino ou o incêndio?
   O balão faz o caminho de volta, puxa os ponteiros do relógio da torre para trás e chega devagar no quintal de onde saiu. Paira alguns minutos sobre os convivas fascinados. Depois, pousa sobre a velha árvore de carambolas. O papel fino se dobra sobre os galhos à força do próprio peso até tocar na bucha ainda acesa e, então, lamber.
   O fogo toma rapidamente todo o papel, trazendo a fogueira para o alto da árvore. Os convivas demoram a perceber o perigo. Sob a pele de cada um deles se reflete o fogo da árvore. Cada um deles se torna uma lanterna junina viva.

O pai, porém, se preocupa: ele procura os filhos para abraçá-los e protegê-los. Pedro Velho se deixa abraçar. No punho esquerdo fechado, o bibelô de Maria: ele tenta protegê-la, protegido pelo pai. À medida que a árvore se inflama, lágrimas vermelhas escorrem pelo seu rosto. Pedro Novo também se deixa abraçar, mas afivela no rosto expressão de raiva e determinação.

A árvore concentra o calor antes de distribuí-lo. Quando começa a fazê-lo, as labaredas atingem primeiro a residência dos cães, nesse momento ocupada apenas por um animal. Leão está muito velho e não pode se movimentar. Mal pode ganir.

Daí a um pouco as chamas atingem a garagem e também o quartinho das miniaturas, quebrando os vidros do escaparate e queimando os livros ali guardados. Não satisfeitas, as chamas chegam ao telhado da cozinha e logo ao telhado do resto da casa, queimando-a de cima para baixo.

O espelho tripartido se parte em pedaços. A penteadeira de mogno se ilumina e se desfaz com a mesma rapidez. Os quartos se incendeiam em seqüência até o fogo tomar a sala. Os aparelhos do rádio e da televisão explodem em vidro e válvulas.

Seguem-se a copa e a cozinha queimando, os ladrilhos estourando, o bujão de gás explodindo também. O que terá acontecido com o cavaleiro cristão e com o dragão? Há muita fumaça. Não se consegue saber quem está vivo, ferido ou não sobreviveu.

O pai, protegendo os filhos, não se preocupa com o restante da família. O sofrimento do Leão, no entanto, confrange o seu coração mais do que as perdas advindas. O animal idoso gane longo e rouco, cortando lâmina a passagem para o diverso intento.

§28

Contra toda a programação, o fogo provoca die Morgenröte, a manhã-rubra conhecida em português como Aurora. Contra todos os dados disponíveis, amanhece. Os pássaros se recolhem às árvores, os morcegos voltam para a torre e o rio se recolhe à distância. Os moinhos se esfumam e a igreja se redefine. À distância a casa permanece de pé, mas as paredes estão enegrecidas e teto não há mais. O céu espalhou as chamas de cima para baixo. Agora a fumaça sai de baixo para cima, parecendo névoa.

Do meio da névoa e da ruína, as pessoas se entreolham como se fossem estranhas e estivessem despidas no mesmo quarto. Andando pelos cômodos calcinados, elas se esforçam para ver se os outros estão bem.

O cão morreu.

O avô não se move.

Ele permanece sentado e encostado no espaldar da cadeira. Não respira. O cubo em suas mãos, queimado. A cadeira ainda não se desmanchou, mas falta pouco.

O avô está morto. O seu rosto calcinado aparenta tranqüilidade, como se tivesse feito a passagem em paz e sem dor. Mas não é verossímil que ele tivesse morrido no incêndio como se estivesse na própria cama a murmurar, nervoso, mehr Licht. Também não é verossímil que o fogo o tivesse queimado como se ele fosse feito de carbono. Ele não era feito de carbono.

Entretanto, somente agora, com a luz do sol nascente, o corpo enegrecido do avô projeta uma sombra sobre o chão de cimento. Os parentes não sabem se deveriam comemorar a sombra ou se assustar com ela. O que fazer? Como enterrá-lo? Junto com o cão ou ao lado da mãe dos meninos?

Enquanto pensam numa possibilidade e na outra, acontece súbito de o avô, o cubo e a cadeira se desmancharem sobre o cimento.

As tias se persignam e se abraçam. Abraçadas, elas procuram dona Generosa de Jesus na cozinha. Encontram-na deitada sobre o fogão queimado, na posição de quem ainda protege a refeição da família. As sombras das traves calcinadas do telhado é que estão sobre ela.

As tias olham em volta sem chorar e sempre abraçadas, observando os ladrilhos que se racharam com o calor. O que fazer? Enterrá-la junto com o cão ou ao lado da mãe dos meninos? Enquanto pensam nas duas possibilidades, dona Generosa se desmancha em cinzas, borralheira anacrônica. As tias se persignam e se abraçam.

No quintal coberto de fuligem Pedro e Pedro procuram pelos primos. Não os acham em lugar algum. Os primos parecem não ter resistido à noite, à festa e às chamas.

Os sobreviventes se afastam da casa e se encostam nos muros. Eles olham para cima apertando os olhos. A luz do dia, junto com a fumaça, os ofusca. Lentamente os convivas realizam que acabaram de passar para o dia dezoito de junho, embora ainda continuem no ano de mil novecentos e sessenta e dois. As bandeirinhas coloridas e as lanternas de papel arderam completamente.

Os tapetes se queimaram com todos os móveis. A fumaça se dissipa. É possível se sentar no chão da sala e olhar o céu claro recortado pelas vigas-mestras carbonizadas do telhado.

Nuvens esculpem figuras brancas. Com vagar, corta o ar uma caravela portuguesa. Próxima do horizonte presumido, a lua, ainda crescente, empalidece. As tias se dispõem a varrer o chão. No entanto, não há tapete para baixo do qual elas possam varrer as cinzas. O pai pede: o resultado do jogo, por favor.

Ninguém sabe. Não há dúvida de que o jogo tenha acabado, por isso ele fica ainda mais angustiado por não saber o resultado.

Os filhos olham para cima, para as nuvens em caravela. O passar do tempo cai sobre eles ao mesmo tempo como bênção e como hecatombe. Ninguém quer sair à rua, embora o portão não se encontre mais trancado. Não há nem mais portão.

§29

Os primeiros analistas supunham que o tempo não passasse e que a mente humana forjava o passar do tempo. Imaginavam todo o tempo como um rio por onde os pensamentos escorrem como um cardume de peixes. Houve quem discordasse: a mente forjaria o passar do tempo, sim, mas também o passar dos pensamentos. Para emprestar a si mesma estabilidade, a mente simularia a percepção contínua da realidade, simulando o movimento contínuo dos pensamentos. A simulação da mente era homóloga à simulação dos filmes de outrora. Assim como nos filmes os personagens não se movimentam porque o que se movimenta é apenas o filme, nem o tempo passa como parece nem a mente pensava como se pensava.

O olho humano não captava movimentos muito rápidos, como na seqüência dos fotogramas de um filme ou no vôo de uma borboleta. O olho não captava fotograma por fotograma do filme e por isso se iludia de que ele mostrasse o movimento mesmo da realidade. O olho juntava os fotogramas num movimento que inventava e logo a seguir esquecia.

Em contrapartida, o olho também não captava cada movimento das asas de uma borboleta, por muito rápidos – dessa maneira o vôo da borboleta lhe aparecia como um filme antigo, como um filme no qual ele reconhecesse a seqüência dos fotogramas. Assim a projeção de um filme lhe parecia mais real do que o vôo de uma borboleta.

As percepções humanas formavam a mente mas não respondiam à pergunta: o que é a mente? Esta pergunta intrigou os donos da mente por séculos. Eles nunca tiveram nada além da própria mente para investigar a mente mesma, o que os deixava presos num laço fechado. Experiências se realizaram para compreender os processos mentais.

Um analista de quem não se sabe o nome, por problema nos registros, teria dito que "conhecer é produzir um modelo do fenômeno e sobre ele efetuar manipulações ordenadas". A partir dessa constatação, outros analistas construíram modelos da mente e da sociedade para buscarem aquela resposta.

O modelo conhecido como "da cidadezinha", por exemplo, foi produzido por Philip Dick a meio do século vinte. Pela experiência, uma cidade se construiu dentro da outra até crescer tanto que engoliu a cidade que a continha. A cidade se chamava Woodland. Dick orientou um morador chamado Haskel a desde criança montar um modelo fiel da cidade em que vivia. O pesquisador provavelmente contava com o modelo completo a partir de determinado momento, mas algo aconteceu para quebrar a sua expectativa.

Quando o modelo reproduzia a cidade quase que ponto a ponto, Haskel começou a alterá-lo. Ele destruiu os lugares de que não gostava ou onde o humilhavam, substituindo-os por construções que não existiam na cidade real. Ao virar as costas para a cidade dos outros ele criou a sua própria cidade, a sua própria realidade. Como trabalhara a vida inteira no modelo, modificava-o com uma intensidade tal que afetava a realidade original.

No final, Woodland desapareceu do mapa porque se tornou o próprio mapa. Não se sabe o que aconteceu com Haskel. Não se sabe o que aconteceu com Philip Dick. Como os demais estudos sobre a mente, o experimento da cidadezinha foi incorporado ao banco de dados de Talia.

No final do século vinte outros analistas levantaram a hipótese promissora de que a mente humana fosse na verdade uma legião de mentes. Essa hipótese criava o conceito de populações neuronais que trabalhassem em sincronia. Cada cérebro, com cem bilhões de neurônios efetuando cada um dez mil sinapses, comportava então vários cérebros possíveis. A mente se definia melhor como a resultante de uma coreografia complexa de milhares de grupos de neurônios. Semelhante coreografia era a responsável pelo desenho da realidade e pela ilusão paradoxal de que a realidade fosse ao mesmo tempo única e pessoal.

Para convencer aqueles que não se admitiam geridos por tantos cérebros, os analistas argumentavam que a mente múltipla de cada ser humano já realizava um número imenso de atividades que não eram percebidas nem por ela mesma. Entre tais atividades, destacavam-se os automatismos, as correções da perspectiva e as palavras que surpreendiam a seus autores como se viessem de outro lugar ou de outra pessoa.

Mesmo antes de Philip Dick houve quem recorresse à metáfora do cinema para explicar a consciência como um fenômeno de superfície. A consciência humana apenas tirava instantâneos da realidade passageira e os enfileirava em devir como se rodasse uma manivela ou acionasse um botão. Essa explicação dava conta de uma doença mental conhecida, quando pessoas perturbadas perdiam o senso de continuidade e passavam a enxergar uma série sincopada de imagens paradas.

Não é que essas pessoas perdessem a habilidade de perceber a realidade. Na verdade, elas perdiam a habilidade de forjar a realidade como se fosse um filme. Por isso os espectadores no cinema tendiam a considerar os filmes convincentes, se eles mesmos fragmentavam o tempo e a realidade de maneira semelhante à da câmera cinematográfica.

Assim o pai e os filhos viram o balão se soltando do parapeito da torre e descendo até a árvore. O movimento lento do balão lhes terá parecido tão surreal quanto o vôo supostamente sincopado de uma borboleta. O incêndio lhes terá parecido tão surreal quanto um holograma mudo de segunda ou terceira geração.

§30

As tias se revezam na vassoura para tentar limpar as cinzas da cozinha onde Generosa se desfez. Enquanto varrem, elas contam histórias. Sentados no chão da sala mas sem o telhado por cima, o pai e os filhos escutam sem espanto as velhas novas. As tias desenterram das gavetas escurecidas suas tralhas, afastando os sachês de perfume. Nada mofou. Tudo parece recente.

Mão na vassoura, o que tia Júlia diz? Tia Júlia é a tia mais magra. Ela é aquela que andava com Pedro Novo no colo. Ela diz que não poderia nunca ter tido o filho de um maluco, de um marido como o seu teria sido. Esse filho hipotético ficaria maluco também, pois o falecido era doido sim. Doido por mulher e doido de mulher, coisa de mandinga na véspera da festa do casamento. Daí tirei mesmo, botei para fora! Percebe? É o que ela diz, justificando a secura do próprio ventre.

Mão na vassoura, o que tia Janete diz? Tia Janete é a tia de Maria de Cristo agora bibelô. Ela é aquela que entrou na varanda e se escandalizou. Ela é aquela que não contou. Ela não diz, ela canta:

> santo antônio, santo antônio,
> abaixai-me esta barriga
> que eu não sei o que traz dentro
> se é rapaz ou rapariga

Os rapazes riem, embora não sejam mais rapazes. O pai fica nervoso e procura um quindim, em ato reflexo e inútil. As tias falam do que padre não sabe, do que confissão não resgata.

De repente tia Janice toma a vassoura de outra e a levanta na frente do corpo como uma arma, assustando Pedro Velho. O Novo apenas levanta uma sobrancelha enquanto seu sorriso permanece fino, suave. Com a vassoura empunhada nessa posição melodramática, tia Janice pede: por favor? Tia Janice de todas é a mais velha, hipocondríaca e labiríntica. O que ela pede agora é uma cantiga de ninar. Por favor. Pedro Velho procura atendê-la, puxando a memória de boi-boi:

> boi boi boi
> boi da cara preta
> pega essa menina
> que tem medo de careta

Ele pensou que não servisse, mas todas elas sorriem. Janice, Janete e Júlia se dão as mãos e sorriem. Tímidas, sustentam leve pose arrogante enquanto choram fino e molham os lábios enrugados. Encostam-se uma à outra e se embalam devagar, fazendo pêndulos avermelhados:

> boi boi boi
> boi da cara preta
> pega essa menina
> que tem medo de careta

Uma a uma elas deixam as vassouras atrás da porta enegrecida e se recolhem a seus quartos. Como não há mais telhado ou camas, elas se deitam no chão e se cobrem com edredons largos e pressupostos. Em pouco tempo, dormem. De quantas tias se compõe daí adiante a lembrança dos irmãos? Em torno deles amalgama-se um padrão de mulher que associa dor de ouvido com açúcar-pérola. O passado, uma ilusão especular.

§31

O passado, uma ilusão especular. No lugar da rosa-dos-ventos destruída no incêndio junto com o telhado, uma espécie de rosa-de-abismos se sugere invisível mas sensível para os irmãos. Pedro Velho se levanta do chão da sala, atravessa a parede destruída e tenta se localizar no dia claro. O punho, fechado. De dia percebe que as outras casas não o são propriamente, mas sim e ainda sombras semelhantes a casas.

Mas nos diferentes quintais cantam bem-te-vis e sabiás. Ele se surpreende que os pássaros cantem. Fora o canto das aves, porém, da rua não se escutam quaisquer ruídos: nem pessoas falando nem automóveis se deslocando. Não terão acordado? Ninguém terá visto o incêndio?

A igreja não é uma sombra. De dia a igreja é mais imponente, com sua torre isolada. Da casa não se percebe o portal de entrada. Sobre os telhados é possível ver apenas o relógio e o cimo. O relógio é grande. No claro distingue-se à distância o ponteiro menor apontando para o lugar em que deve estar o número viii. Não se percebe o ponteiro maior. Acima do relógio ele vê as aberturas estreitas em formato de ogiva. Lá dentro devem se encontrar os sinos.

Pelo barulho da noite passada – há quanto tempo atrás? –, esses sinos só podem ser muito grandes assim como a igreja será muito antiga. De noite as sombras das reentrâncias indicavam arabescos, esculturas. Agora ele nota que são gárgulas: algumas com asas, outras de costas.

Antigamente as gárgulas conduziam a água dos telhados para longe das paredes, jogando-as mais adiante. Em alemão gárgula é Wasserspeier, ou: "aquilo que cospe a água". Mas elas também serviam para mostrar os pecados do inferno. Ele sente vontade de sair da casa queimada para olhar de perto a igreja e as gárgulas. Deve haver alguma maneira de subir na torre e descobrir que vago lume era aquele. Descobrir quem estava ali e se ainda está. Quem for, terá visto o incêndio?

Sentindo o coração saltar por dentro do peito, Pedro Velho chega no portão da rua e olha: não há mais portão. No lugar onde o portão estaria, percebe o cadeado jogado no chão. Não precisa mais abri-lo para sair mas ainda assim tenta fazê-lo. O segredo contém apenas dois números. Ele experimenta primeiro o 3 e depois o 1. Acerta de primeira.

Era esse o segredo.

O cadeado se abre. Joga-o de novo no chão e sai para a rua. Finalmente conhece a rua. Não lembra se a viu antes de começar a festa, portanto é como se a conhecesse pela primeira vez. A rua que ele vê agora à luz do dia está calçada com paralelepípedos irregulares. Os postes mantêm acesas as suas luminárias amarelas. O sol se sobrepõe aos postes e ilumina melhor os automóveis estacionados.

Uma Vemaguette amarela. Um Plymouth preto. Um Volkswagen verde-escuro com o pneu furado. Atravessados no cruzamento, um Simca Chambord amassado e uma motocicleta caída compõem o cenário. Os dois veículos terão colidido ontem de noite sem que se possa saber a hora certa da batida.

Mas "ontem de noite" pode ter sido há muitos e muitos anos, se o carro e a motocicleta se encontram bastante enferrujados. As autoridades não se preocuparam em remover os veículos do local. Terão ao menos levado o motociclista para o hospital? Conduzido o motorista para a delegacia? Entre a calçada e o paralelepípedo, na sarjeta molhada, o capacete destruído pelo acidente e pela ferrugem.

Faz frio, mas um pouco menos. O sol é agradável. Há uma leve brisa no ar. Distante, um cheiro de rio largo. Pedro olha no cruzamento ao redor e vê as placas de metal azul com letras brancas formando os nomes das ruas. A rua da casa deles se chama Fábio da Luz. Não se lembra desse nome. Não se lembra de ter sabido o nome da rua em que mora. Desvia um pouco os olhos e vê o nome da rua de onde deve ter vindo o Simca. Ela se chama Dias da Cruz. Ambos os nomes são estranhos, porque simbólicos. Simbolizariam o quê?

Assim como não parece haver vivalma nas casas (nas sombras), nem pessoa nem animal passam pelas duas ruas. Elas são perpendiculares entre si e continuam para além de onde sua vista alcança. O homem – ele agora é um homem feito – escolhe a Dias da Cruz para caminhar e procurar. Procurar alguém. Procurar um animal. Procurar uma resposta.

Na esquina, ele lê as placas maiores que se atravessam por cima da rua. Se tomar à direita estará se dirigindo para o centro da cidade. Se tomar à esquerda estará se encaminhando mais para dentro do subúrbio. Escolhendo andar para a direita ele encontra outras ruas: Pedro de Carvalho, Vilela Tavares, Barão de São Borja e Carolina Santos. Nunca tinha ouvido falar também nos nomes dessas ruas. Em nenhuma delas parece haver viv'alma nas casas (nas sombras).

Na esquina da rua Carolina Santos com a Dias da Cruz, no entanto, ele encontra um velho supermercado abandonado. Não há vendedores, produtos nas gôndolas ou sequer gôndolas – apenas um galpão muito grande e de pé direito muito alto. Mas o galpão não está vazio. De dentro dele se escuta uma música baixa. À medida em que Pedro Velho chega mais próximo ele escuta melhor a música. Trata-se de uma composição no violino entremeada pelo som de mãos batendo palmas e de botas batendo no chão para marcar o compasso. Na iminência de encontrar outras pessoas, o coração de Pedro acelera no mesmo ritmo das mãos e das botas.

Quando entra no galpão vazio a música aumenta, ecoando nas paredes e vidraças. Da entrada ele percebe no meio do galpão algumas pessoas que saltam desajeitadas, tentando acompanhar a música. À distância estas pessoas lhe parecem altas, corpulentas e encasacadas. Ele estranha. Aproxima-se passo a passo, com medo e interesse. Mas não são pessoas.

São ursos. Ele os conta: treze ursos pardos dançando sobre as patas traseiras ao som do violino, das palmas e das botas batendo no chão. De onde vem a música? Afora os ursos no centro, o galpão do supermercado está vazio. Os animais magníficos, mais de dois metros de altura cada um, saltam sem parar. Mas não parecem contentes. Ao contrário, estão desesperados, como se pulassem sobre pranchas metálicas em brasa.

Enquanto se aproxima para ver melhor, os ursos pulam mais e ficam mais próximos uns dos outros, como se fosse ele o responsável tanto pela música quanto pela tortura. Quase todos os animais desviam seu olhar dele, mas um dos ursos – uma ursa? – não pára de encará-lo durante os seus saltos no ar. Ainda que com medo, Pedro procura encará-la também, quando acredita que ela, parece mesmo ela, chora. Pedro Velho anda para trás assustado, comovido e envergonhado. A sua mão esquerda treme, mas ele não abre o punho.

Quando dá um passo para fora do galpão, a música se interrompe. Os ursos param de dançar e caem sobre as quatro patas, exaustos. Aproximam-se uns dos outros para se encostarem e se apoiarem uns nos outros. Com medo da volta da música, Pedro não volta a entrar no supermercado que alguém transformou em circo só picadeiro. Andando de costas sobre seus passos, ele atravessa novamente as ruas Carolina Santos, Barão de São Borja, Vilela Tavares e Pedro de Carvalho.

Pedro de Carvalho, é o que relê? Seu sobrenome poderia ser Carvalho e não Velho? A pergunta fica no ar e não poderá ser respondida. Pedro Velho chega de volta na esquina da rua Fábio da Luz, quando se dá conta de que vinha andando de costas. A ursa que chora não sai da sua cabeça. A música do violino não sai da sua cabeça. Corrigindo-se e voltando a andar de frente, Pedro toma o rumo contrário na Dias da Cruz, atravessando agora as ruas Maranhão, Barão de Santo Ângelo, Camarista Méier e Borja Reis até chegar a um largo chamado Chave de Ouro. O nome é sugestivo mas no lugar não há nem porta nem portão. Ali se encontra o fim da cidade. Bruscamente interrompem-se as ruas e as sombras das casas, surgindo à sua frente o limiar de uma floresta.

Pedro sente emoção semelhante à da entrada do supermercado abandonado. Espanta-se de não ter visto essa floresta da casa ou das ruas. É como se ela se materializasse à sua frente. Ele não escuta nenhuma música nem vê qualquer animal, mas se sabe à beira de transpor outro lugar proibido. Proibido por quem? Proibido por quê?

As árvores são carvalhos, faias e abetos. Imensas, estão próximas umas das outras. A madeira dessas árvores é muito escura. Ele não sabe como sabe que aquelas árvores são carvalhos, faias e abetos, assim como não sabe como soube que os animais dançarinos eram ursos pardos, se esta é a primeira vez que sai do quintal. Deve ter lido em algum livro, mas não se lembra de ler livros. Recorda-se vagamente de ter folheado romances antigos no quartinho das miniaturas. Não se lembra de ler nas páginas que se descolavam qualquer menção a ursos, carvalhos, faias ou abetos.

Este não lhe parece o problema mais importante, embora não saiba qual seria o problema mais importante. Resta-lhe mover-se. Pé ante pé, atravessa o largo da Chave de Ouro. Passa dos paralelepípedos da rua para o chão de terra da floresta escura. Observa próximos os carvalhos torturados. Contrastam com eles as faias, os troncos eretos, cilíndricos e tranqüilos. As copas seriam densas, mas não há folhas. Entremeando uns e outras, pequenos abetos abertos que poderiam ser usados como árvore de Natal.

Pedro então descobre que espera há décadas pelo Natal. Que espera há décadas por um Natal de flocos de algodão cobrindo os abetos como se fossem flocos de neve ou estas folhas brancas, mínimas e transparentes que caem à sua volta e o deixam extasiado. Tentando pegá-las na mão direita, ele percebe que as folhas são geladas e se desfazem. Logo sabe, também não sabe como, que não se trata de folhas mas sim de flocos de neve.
Der Schnee.
A neve.
Assim que a palavra "neve" se forma na sua cabeça, Pedro Velho sente o frio que nunca sentiu. A respiração lhe falta como se tivesse subido mil metros de altura. O corpo se retesa e treme. A temperatura despenca. Ainda está com a mesma camisa de flanela que usava na festa junina de ontem à noite, mas ela pouco adianta. A camisa é larga e não esquenta. A pele sob a camisa se arrepia como se queimasse. O ar não apenas falta como machuca, e ele acabou de dar apenas poucos passos na floresta.
Maria!
Ela vai morrer.
De frio.
Assustado, Pedro recua e volta a andar de costas para sair. Ao pisar com os calcanhares nos paralelepípedos do largo, respira fundo. A temperatura se estabiliza e se torna agradável por contraste. Ele abre a mão esquerda e olha para o bibelô de Maria, preocupado se ela está bem, se não congelou e quebrou. Mas não, ela está bem. A porcelana permanece intacta.
Ele gostaria muito de entrar novamente nessa floresta negra, se estivesse melhor agasalhado. Fica algum tempo olhando para as árvores sem folhas, seus troncos majestosos mas despidos. Pés sobre os paralelepípedos, ele não enxerga mais a neve caindo mas sente a proximidade do frio. Chega a pensar em se ajoelhar e rezar, como se duendes gentis fossem sair de dentro do tronco dos carvalhos. Eles falariam em uma língua desconhecida e de sons rascantes. Mas Pedro os entenderia.

§32

O passado mira-se no futuro. No lugar da rosa-dos-ventos, a rosa-de-abismos se apresenta para os irmãos. A pétala-norte aponta o céu que clareia enquanto a pétala-sul aponta os rios que fluem. É nos rios que fluem que a ilusão mira a si mesma, como no rio que apareceu espelhado ao lado da casa que pegava fogo quando a noite virava dia e quando os mesmos pássaros eram ora brancos ora negros. Por um instante esse rio fluiu como o Zeitzaun, multiplicando afluentes e ilhas.

Esse rio é o primeiro destino do irmão mais novo. Pedro Novo vê o irmão mais velho saindo de casa. Também nota como a casa é cercada por outras casas que ainda parecem, mesmo à luz do dia, meras sombras. No entanto não se pergunta sobre os pássaros ou sobre a igreja, assim como não sente vontade especial de ver a torre dos sinos. A imagem do balão queimando o terá marcado de maneira diferente. Mesmo o incêndio o terá marcado de maneira diferente.

Nesse momento ele observa o pai. No dia dezoito de junho de mil novecentos e sessenta e dois, o sol fraco do inverno tropical esquenta as costas do pai sentado no chão da sala onde ficava o sofá de pano, a contemplar desolado a ausência do teto. O mundo se dobra em segredo como o cubo do avô e o dragão de Escher.

Enquanto o mundo se dobra, o pai diminui a olhos vistos. O cabelo todo branco é bonito, mas os dentes caem. Junto com os dentes caem no chão as palavras que se calaram, o grito de gol que encruou e a lágrima da vitória que não desceu pelo rosto. Até agora eles não sabem nem o resultado da decisão nem que o mais velho teve este resultado entre os dedos.

As possibilidades do pai diminuem. Calado, antes ele encarnara dignidade, honra e equilíbrio. Calado, hoje o pai encarna tudo o que não foi e tudo o que não foram seus pais. O pai diminui. Ele gostaria de se esconder no vão entre as almofadas do sofá, mas não há mais sofá nem almofadas. As possibilidades do pai diminuem mais. O pai se miniaturiza em porcelana como o fizeram um dia as lembranças da mãe e a namorada do filho mais velho, para a seguir se deixar cair na palma da mão do filho mais novo.

O moço põe o pai no bolso. Limpa-se um pouco das cinzas na camisa e sai pelo portão à procura do irmão. Acompanhando o trajeto do mais velho, Pedro Novo vê os postes acesos e as luminárias amarelas querendo continuar a iluminar de dia os automóveis: a Vemaguette, o Plymouth, o Volkswagen. O Simca e a motocicleta caída, enferrujados. Os fantasmas do motociclista e do motorista. Pouco lhe chama a atenção o nome das ruas: da Luz ou da Cruz. Sempre atrás do irmão, Pedro Novo caminha pela rua mais larga dobrando à direita na direção do suposto centro da cidade. Procura a resposta.

Passa pelas mesmas ruas que o outro mas sem se preocupar com as placas. Chega a tempo de ver Pedro Velho parar na frente do supermercado e também escuta a música do violino. O irmão lhe parece ansioso, mas ele mesmo sente apenas uma leve curiosidade. Quando o outro entra no galpão vazio, ele enxerga de longe os ursos e prefere não entrar. De longe reconhece que os animais são imensos mas parecem desesperados, dançando como se pulassem sobre pranchas metálicas em brasa. À medida que o irmão se aproxima deles, Pedro Novo sente pela primeira vez o coração se acelerar, pressentindo o perigo. A sensação de medo se reforça quando Pedro Velho começa a andar para trás como se ameaçado.

Quando o irmão mais velho dá um passo para fora do galpão, a música se interrompe. Os ursos param de dançar e caem sobre as quatro patas, encostando-se uns nos outros. Pedro Velho não volta a entrar no supermercado. Pedro Novo vê o irmão andando de costas para retornar sem se dar conta de que passa na frente dele. Pedro Novo permanece plantado em frente ao supermercado. Como a rua em que estão é cheia de curvas, logo ele não pode ver mais o irmão mais velho.

Decide parar de segui-lo. Pedro Novo caminha na direção contrária do centro da cidade, como apontam as placas que deveriam orientar os carros. Mas não há carros na rua, sequer estacionados. Os únicos que pôde ver são aqueles que foram deixados para trás na rua em que moram.

Também não há pessoa alguma. Não se vê vivalma, como diziam as tias. Escutam-se ruídos desencontrados e longínquos: conversas perturbadas em uma língua estranha, ecos de um trânsito engarrafado, reflexos do movimento de crianças correndo ao sair da escola. A cada rua que atravessa, porém, Pedro Novo não encontra a fonte dos ruídos: pessoas, automóveis ou crianças.

A cada calçada por que Pedro Novo passa, entre sobrados com varandas estreitas em cima e grades de porão embaixo, vê um número cada vez maior de estabelecimentos comerciais. No entanto, nas lojas de roupa ou de sapatos, nas papelarias ou barbearias, não há nada nas vitrines nem ninguém sentado nas cadeiras. Os botequins de beira de rua estão abertos mas sem garçons nas mesas de mármore, sem gerentes nas caixas registradoras, sem pastéis de queijo nos mostruários de vidro. Também não se vêem moscas.

A rua se alarga, indicando que logo Pedro Novo chegará a uma via de acesso mais direto ao centro, como uma avenida mais larga ou uma estação de trem. Andando mais um pouco, porém, ele não encontra nenhuma estação de trem, mas sim um rio. Um rio largo, trezentos metros de uma margem a outra. A rua se interrompe a meio do caminho, cortando as calçadas e os prédios. De um lado uma loja de roupas, de outro uma barbearia: ambas cortadas ao meio pelo rio.

Que parece profundo. O barulho que vem das águas passando é forte, fazendo-o pensar que dali vêm os ruídos desencontrados – as conversas perturbadas, o trânsito engarrafado, as crianças correndo. Sugestão do rio, pode ser?

Na beira do rio um cartaz de madeira carcomida contém os versos de pequeno poema. A primeira estrofe foi apagada pelo tempo, não é possível lê-la. Mas os outros versos falam daquele rio e do que os rios podem representar:

> Der Fluß ist nicht wie das Leben,
> aber das Leben fließt...
> Es ist nicht der Rhein, sondern
> Vergänglichkeit.

O poema não tem título. A autoria não está determinada. Pedro Novo quebra a minha expectativa e o lê em alemão, murmurando os versos em português:

> O rio não é como a vida,
> mas a vida flui...
> Ela não é o Reno, mas
> o efêmero.

Vergänglichkeit: o efêmero – a efemeridade, a transitoriedade. Quem escreveu esses versos? Há quanto tempo o fez? Não há como saber. O termo com que eles se fecham obriga os arquivos a recorrerem a outro momento, apesar da dúvida quanto a possíveis corrupções nos próprios arquivos.

Corria o ano de mil novecentos e quinze. À beira do mesmo Reno, Sigmund Freud se sentava na companhia de um amigo taciturno. Já havia começado a Primeira Grande Guerra. O amigo admirava a beleza do cenário mas não se alegrava. Perturbava-o saber que aquela beleza estava fadada à extinção.

A transitoriedade das coisas sempre o perturbara, mas o advento da guerra ampliara a perturbação ao limite do insuportável. O conflito não destruía apenas a beleza dos campos ou as obras de arte, ele ainda destroçava o orgulho do amigo pela civilização. O conflito maculava a imparcialidade da ciência, revelava os instintos em sua nudez e soltava os maus espíritos que se julgavam domados por séculos de educação. O conflito amesquinhava o país e tornava remoto o resto do mundo.

Os sentimentos de Freud não seriam muito diferentes. À diferença do amigo, entretanto, ele se esforçava por transformá-los em reflexão. Teceu sua réplica supondo que à reação contra o efêmero subjazia uma exigência de imortalidade que não podia reivindicar direito à realidade. A transitoriedade da beleza não implicava necessariamente perda de valor. Pelo contrário, implica um aumento!, exclamou. Se o valor da transitoriedade é o valor da escassez no tempo, então a limitação da possibilidade de uma fruição eleva o valor dessa fruição. Uma flor que dura apenas uma noite, como a dama-da-noite na varanda da casa, não será menos bela mas todo o contrário.

Empolgado, comentou: mesmo que chegue o dia no qual os livros que admiramos se reduzam a pó, o belo de hoje não precisa ser menos belo. O belo não precisa sobreviver a nós. Mesmo que não lhes fosse dado ver, aquela guerra acabaria. Sobreviria um período de luto, mas o luto também seria superado. Tudo o que a guerra teria destruído seria reconstruído em terreno mais firme.

Aquela guerra de fato acabou em alguns anos. Sobreviveram nos registros as palavras, assim como sobreviveu a informação de que Freud ainda teve de sofrer a amargura de outra grande guerra muito pior do que a primeira. Sabe-se que ele se tornou tão taciturno quanto o outro. Não viveu para saber como as suas palavras sobre a Vergänglichkeit – "mesmo que chegue o dia no qual os quadros e os livros que admiramos se reduzam a pó" – foram proféticas.

Tantos anos depois Pedro Novo também pensa, à beira do Reno, sobre a transitoriedade. Mas qual é o teor do seu pensamento? Não sei. Em algumas vezes há como responder a perguntas sobre o pensamento dos avatares, mas em outras, não. Isso deveria ser possível mas nem sempre é. Que me seja mais fácil acompanhar o pensamento de Pedro Velho do que o do seu irmão amplia o estranhamento.

Cabe-me apenas reconhecer a falha na descrição do experimento enquanto concebo Pedro Novo se abaixando e colocando a mão na água correndo. A mão dele treme antes mesmo de constatar que o rio está muito frio e congela seus dedos, deixando-os transparentes. Não parece haver peixe assim como não parecem passar detritos. O tempo se altera: sobre o rio se vêem nuvens escuras e baixas. Pedro Novo pode sentir o vento forte e gelado. Na outra margem ele não vê a continuação da cidade mas sim uma floresta escura.

Nessa floresta se destaca construção igualmente escura: a ruína de um castelo alto.

§33

Esta história começou a ser contada no dia do nascimento de Pedro Novo porque ele é que me interessava, quer como protagonista quer como perspectiva. Por artes da derivação fractal o irmão mais velho não somente tomou a frente como ainda escondeu o mais novo às suas costas. Apenas agora, quando eles tomam caminhos opostos na rua Dias da Cruz, pode-se enxergar melhor Pedro Novo através da sua mão dormente e transparente na água do rio.

A via crucis dos irmãos é diversa. O primogênito procurou sem o saber den Schwarzwald, a Floresta Negra. O caçula procurou sem o saber den Rhein, o rio Reno. A despeito dos caminhos opostos, porém, em ambos arde inferno pessoal semelhante.

Ambos procuram a verdade das palavras. Desenha o inferno que os irmana o presente solar, apesar da necessidade de passar a limpo o passado lunar. Os mortos de ambos estão lá dentro, nos fundos do quintal calcinado. Ambos partilham o pavor de que Alguém os desenterre.

A infância como um quintal, um quintal como a pátria e o mais como mentira – mentira para o assassino poder dormir ao lado do boi da cara preta. Eles caminham em direções opostas mas recordam a mesma cena, fazendo a seus botões mudos a mesma pergunta: onde foi que nós enterramos a rolinha que você matou com aquele alçapão de caixote?

A pergunta é a mesma porque ambos crêem que o outro matou o pássaro. Mas que pássaro, se durante a longa noite em que viveram os pássaros não voavam? A recordação que têm é quase a mesma em ambos, diferindo apenas quanto à identidade daquele que teria matado o pássaro. Entretanto, semelhante recordação não faz sentido, quer porque os pássaros não saíssem de seus ninhos quer porque a história escorreu até aqui sem que essa cena tivesse lugar.

No entanto, a lembrança que têm dela é nítida.

Eis a recordação. Quando a música ficava mais baixa e não estava chovendo, eles se esgueiravam para o fundo do quintal sobre as covas da família. Uma das brincadeiras prediletas dos dois garotos era capturar passarinhos. Usavam para a caça um velho caixote de laranjas-da-feira, um palito encardido de chicabon e um barbante que sobrara das fieiras de bandeirinhas. Sob o caixote virado ao contrário deixavam restos de empadinha de queijo. Levantavam um lado do caixote e o sustentavam com o palito, amarrando nele uma ponta do barbante. Escondidos atrás da árvore de carambolas, a poucos metros, seguravam a outra ponta do barbante e esperavam os pássaros – que chegavam desconfiados, ciscando em volta até não resistirem e entrarem debaixo do caixote para comerem os farelos das empadinhas.

Nesse momento eles, ora um ora outro, zupt: puxavam o barbante para derrubar a sustentação do caixote e assim prender o passarinho. Quando caíam na armadilha as aves se debatiam, asas em polvorosa contra a madeira. Em poucos minutos, porém, aquietavam cansadas e assustadas. Eles então levantavam o caixote devagar, com cuidado.

O irmão mais velho pegava o pássaro com a mão direita. Se fosse um pardal acinzentado ou uma noivinha branca, as aves ou escapavam antes da queda do caixote ou fugiam mais rápidas do que a mão do garoto. As rolinhas, lentas, se deixavam pegar. Com cerimônia, Pedro Velho passava o passarinho para as duas mãos do mais novo, de jeito a que ambos acariciassem as penas. Depois, eles o soltavam. Enquanto Pedro Novo olhava feliz o vôo barulhento do pássaro, Pedro Velho olhava intrigado o sorriso suave do irmão, sem compreender bem o que ele compreendia.

Até que um dia um deles – quem? – puxou o barbante um pouco antes do tempo e o caixote desceu pesado na nuca de uma rolinha. Correram para o local alegres, mas não ouviram o barulho familiar das asas batendo contra a madeira. Preocupados, levantaram o caixote devagar, com mais cuidado do que o normal. Pedro Velho enfiou a mão por baixo, tateando. Encontrou um pequeno bolo quente de penas inertes. A rolinha, morta.

No primeiro instante eles se sentiram revoltados com Deus. A seguir, acusaram-se mutuamente pelo crime. Como já naquele momento não tinham certeza de quem puxara o barbante antes do tempo e como ainda latejasse surda a sensação de que a responsabilidade precisava ser dividida irmamente, logo se puseram mudos. Nada falaram nem um com o outro nem com ninguém.

A circunstância explica por que a cena só se iluminou agora, com ambos os irmãos adultos – mas não explica porque essa cena não se encontrava registrada nos arquivos do Zeitzaun. Estes arquivos não deveriam estar corrompidos.

Os irmãos levaram a rolinha para o fundo do quintal onde a enterraram à direita de sua mãe, cobrindo com três pétalas de plástico a cova minúscula. Cuidadosamente quebraram o palito de chicabon em dois pedaços desiguais, amarrando-os com o barbante para montar uma pequena cruz. Plantaram então a cruz na frente da cova mínima.

O que se pode compreender é que ambos se lembrassem do episódio ao mesmo tempo, embora estivessem caminhando para direções opostas: ocorre que andavam na mesma rua Dias da Cruz. O que não se pode compreender é que ambos se lembrassem de episódio que não apenas não foi registrado como nem podia ter acontecido: durante a noite nenhum pássaro deixou seu ninho pressuposto.

Depois deste acontecimento, os irmãos teriam parado de brincar um com o outro. A partir daquele instante eles cresceram de chofre: entre eles ficara o alçapão de caixote. Hoje eles caminham na rua Dias da Cruz enquanto pensam no pássaro que mataram, na universidade que não fizeram e nos filhos que não tiveram: panos que se esgarçam e deixam buracos.

§34

Reencontram-se no cruzamento das ruas Fábio da Luz e Dias da Cruz. Do lado da motocicleta acidentada os irmãos se olham em silêncio. Tirando-a do bolso, Pedro Novo mostra a miniatura do pai para o irmão mais velho. Pedro Velho olha para esse pai tão reduzido e pensa em Maria de Cristo, tão reduzida.
  Onde a deixara? Onde ela estaria?
  Ah. Ainda dentro da sua mão esquerda, protegida. Ou protegendo-o. Enquanto observa a miniatura do pai na mão do irmão, resolve não mostrar a miniatura de Maria por enquanto. Não cabe sorriso amarelo ou de mofa, não cabem risos ou tiques nervosos. Já não há mais tempo. A vida continua, diz-se de frente para os mortos: a vida contínua.
  Se eles tivessem se casado, na falta de grãos de arroz os primos teriam jogado sucrilhos açucarados. Mas se casado com quem? E que primos jogariam sucrilhos, se os três não sobreviveram à noite? Os irmãos se entreolham e percebem, transparentes, as histórias pessoais que os tornam impessoais. O alçapão de caixote é rearmado e fica prestes sobre a nuca de ambos.
  Sentam-se ambos sobre os paralelepípedos no meio do cruzamento, mas de costas um para o outro. Eles se sentam no meio do cruzamento porque não há lotações, bondes, lambretas ou quaisquer veículos, sequer quaisquer pessoas ou animais atravessando as ruas. A noite cedeu mas o bairro, quem sabe o mundo, continua em estase.

Pedro Velho se esforça para escutar os ruídos da cidade ao longe mas tem a impressão de ouvir apenas um longínquo barulho de estática, como se o pai ainda estivesse tentando escutar no rádio a partida de futebol. O pai, porém, foi posto de volta no bolso do irmão.

Aqueles ruídos podem também vir de vozes conversando, perguntas e respostas cadenciadas em língua estrangeira. Na verdade é o que são, embora ele não possa reconhecê-las: gravações antigas de um curso de línguas pelo rádio chamado "Deutsch, warum nicht?".

Pedro Velho não entende o que escuta ao longe, mas por isso mesmo se comove. Seus olhos se molham. Uma lágrima balança sobre a pálpebra e quer escorregar pelo rosto. O músculo do canto do olho começa, involuntário, a tremer. Lembra-se de Maria de Cristo, de como ela veio para a varanda vazia.

A sombra. O sereno. O calor abandonado. Ele não a conhecia mas a reconheceu: o olhar de lado, os reflexos de sangue, o pouco de pele a brilhar. A boca entreaberta e sem respirar. O pensamento que gaguejava. As palavras que escapavam antes de serem pensadas. Os pés morenos e pequenos. Os cabelos encaracolados e escuros. O rosto de criança, as pernas de mulher. Tão perto. O odor oleoso da dama-da-noite na varanda. O odor da memória que o gruda no instante.

Sua primeira experiência de sol mas ainda sem sol. O odor da memória é caótico mas claro como o sol que o ilumina agora. Ele se lembra de que brincou de estudar com ela. Eles fingiam estudar juntos um explicando o outro, depois contando um ao outro o que pensavam sobre a vida e sobre o sol. Um dia o sol apareceria: aí sim eles poderiam se ver de repente esfuziantes depois de tanto sonho, colo e estudo. Aí sim Maria o ofuscaria quando se despisse para ele.

Agora o sol apareceu mas ela não está ali com ele. No seu lugar, apenas um bibelô de porcelana fina e antiga. Algum dia Maria esteve com ele? O beijo longo e leve que trocaram foi apenas parte de um sonho? Os fiapos de fumaça do beijo tornam essa lembrança, e as que lhe seguem, esfumaçadas. Fugazes.

Pedro Velho precisa se lembrar de Maria para se lembrar de si mesmo. Sozinho, lhe cabe cumprimentar os fantasmas e perceber que recebeu a dádiva de uma fenda no tempo. É assim que se lembra dela: como uma fenda que se encontrava prestes.

Era o último momento de ambos. O mundo chovia. O mundo silenciava. Ela tocava-lhe a pele, mas precisavam se afastar um do outro. Escurecia e ninguém queria acender a luz. Ela chorou, de luto pelo amor do futuro. Ele percebeu que não o impedia a culpa, tão-somente o medo de se perder no passado. Ela então cresceu como uma idéia, o que doía muito. Ele, pelo contrário, diminuía a olhos vistos, transformando-se em um bibelô de sentimento. Assim eles se afastavam e a fenda se fechava, quando só então o livro podia ser aberto.

É assim que se lembra dela, sabendo-a maior do que o mundo. No íntimo sabe que o bibelô é ele e não ela. A nudez transparente de Maria de Cristo foi a sua verdadeira máquina do tempo. Sentado no meio do cruzamento, Pedro murmura como se gritasse "eu sei". Eu sei da criança e do vaso de samambaias. Eu sei que de tanto perseguir uma diferença você se casou com as semelhanças. Como vê, eu sei de tudo menos de mim. Menos da verdade.

Pedro sabe sim o rosto dos fantasmas. Apaixonou-se primeiro por máscaras e depois por máscaras debaixo daquelas máscaras até se deparar com espécies de vidro que o refletissem mas ao mesmo tempo o deixassem irreconhecível. O que ele percebe na mente é outro rosto entre o seu e o do irmão mais novo: o rosto de Talia.

O rosto desconhecido de Talia mancha o mundo.

A mãe morreu. Agora ele sabe que Talia não é a mãe. Porque a mãe viveu para sempre na hora exata em que morreu, marcando com dor em brasa as interrupções na história dos irmãos. Talia é que não nasceu, como Maria da Glória. Talia permanece um nome, quiçá uma sigla, cumprindo seu lugar feminino de máscara. Mas apesar dessa ausência a máscara de Talia é brejeira como criança de dois anos, filha única e bem amada. Apesar dessa ausência a máscara de Talia é sensual como se de fato ela tivesse quinze anos e os olhos brilhassem – mas que olhos?

Pedro Velho se levanta de repente. Dá alguns passos e estaca, olhando o irmão. Pedro Novo também se levanta, tranqüilo, e entra novamente na rua Fábio da Luz.

Pedro Velho volta pela Dias da Cruz na direção da Floresta Negra, mas querendo antes dar a volta à quadra. Ele vai procurar a igreja. Ele quer subir na torre.

Pedro Novo, enquanto isso, volta para casa.

§35

As mãos de Escher representam a necessidade e a impossibilidade. Elas dizem que o criador não pode ter sido um só. Eu não posso ser um só. Sou apenas parte de uma conversa precisando criar a outra parte. Eis porque não posso ver Pedro Velho dando a volta à quadra para me procurar. A perspectiva reflexiva não estava prevista, caso contrário a replicação seria incontrolável.

Mas agora consigo ver Pedro Novo no seu retorno à casa queimada. Se não fosse a festa, der Zeitzaun se encontraria no segundo ano do terceiro milênio. Se não fosse a noite, teriam se passado quarenta anos e essa seria a idade do irmão mais jovem. Se não fossem a festa e a noite, nesse momento Pedro Novo se perceberia desgostoso com o seu trabalho de engenheiro, no qual se considerava mero capataz de equações derivadas. Ele se mudaria então para a Alemanha, onde pelos vinte anos seguintes desenharia um programa de desenho de holografias chamado T.A.L.I.A., termo formado pelas iniciais de Technologie des Autonom-Lebens im Innern des Aufzeichnung.

No início, Talia era apenas um programa de renderização de imagens tridimensionais, mas com o passar do tempo se transformou no principal programa auxiliar de produção de hologramas de sétima geração. Estes hologramas foram capazes de dispensar a superfície plana da tela para produzir as imagens que produzem a si mesmas. O objetivo da programação de Talia foi construir mundos artificiais que se possam observar enquanto eles mesmos se desenvolvem sozinhos.

Pedro Novo moraria na cidade de Freiburg. Ele trabalharia nos laboratórios da Albert-Ludwigs Universität e se mostraria tão obcecado pela sua idéia quanto parece estar agora na casa queimada, sentado sobre o chão da sala. No laboratório da universidade ele estaria atento às telas, mas os colegas o veriam como um brasileiro perturbado. A perturbação se revelaria no hábito de gesticular muito e falar sozinho com as próprias mãos – como o faz nesse instante ao conversar com o bibelô do pai, enquanto o passa vezes sem conta de uma mão para a outra.

Em alguns anos Herr Jung, como os alemães o conheceram, seria considerado o analista ideal para comandar as experiências com os avatares holográficos. Ele trabalharia na cidade de Freiburg, a mesma que foi bombardeada tanto pelos inimigos quanto pelos compatriotas. Envelhecendo no século vinte e um, Herr Jung ouviria as histórias dos campos nazistas de concentração e se chocaria com sua transformação em entretenimento televisivo. Ele acompanharia assustado as guerras, as epidemias e as revoluções, que passariam a ser provocadas para que pudessem ser filmadas: primeiro no continente africano, depois na América Latina.

Se ainda estivéssemos naquele século, se ainda houvesse pelo menos uma das três Américas, se não fosse a noite e se não fosse a festa, Herr Jung desenvolveria o hábito de todo final de tarde se dirigir para a Münster Unserer Lieben Frau – em português, para a Catedral de Nossa Senhora. Ele se sentaria sozinho nos bancos da Catedral na hora em que não houvesse cerimônia religiosa, como se assim pudesse conversar melhor com Deus. Mas ele também se perguntaria: que deus, entre tantos?

Então ele tentaria conversar com o tempo. No final da tarde poucas pessoas entrariam na igreja para rezar, menos turistas subiriam as escadas que levam aos sinos medievais. Herr Jung explicaria para o tempo, através de gestos nervosos com as mãos, que a Münster Unserer Lieben Frau foi construída no ano de mil e duzentos para acompanhar por séculos os fiéis e os medos

dos fiéis, os dias de neve e os dias de flores, as guerras e os breves intervalos entre as guerras.

Ele imaginaria, suponho, o que a Catedral teria contemplado ao longo dos séculos e das guerras, como em mil trezentos e cinqüenta, por exemplo, a Peste reclamar a vida dos habitantes de Freiburg e assim desencadear a primeira perseguição aos judeus. Ou como o discurso de Erasmus para os eruditos, afirmando que a guerra termina e começa no próprio pensamento, no conflito das filosofias e das opiniões que denegam que tudo na vida seja tão obscuro, diverso e oposto.

A Catedral e os eruditos sentados nos seus bancos ainda escutariam Erasmus mostrar que uma escola luta contra a outra escola, o tomista com o escotista, o nominalista com o realista e o platônico com o peripatético. Nessa luta todos se trespassam com penas ervadas, cada um vibrando o dardo mortífero da língua contra o bom nome do outro. Melancólico, Erasmus compreende que nem mesmo no peito de um único homem pode haver paz, se a razão está em guerra com as paixões e as paixões guerreiam-se umas às outras. Se tudo na vida é tão obscuro, diverso e oposto, se não podemos nos certificar de nenhuma verdade, por que matar e morrer em nome de convicções tão frágeis?

A pergunta repercute dentro da nave. Herr Jung não saberia responder. Eu não sei responder.

O discurso não impediu que no final do século dezesseis novo surto de medo queimasse, na frente da Catedral, uma centena de mulheres acusadas de bruxaria. O discurso também não impediu que, no século seguinte, a cidade fosse invadida por suecos e franceses. Outras guerras se sucederam com Freiburg como palco ou passagem.

Em mil novecentos e quarenta, os próprios aviões alemães bombardearam por engano a estação de trem de Freiburg, matando sessenta pessoas. Em mil novecentos e quarenta e quatro, foram os aviões aliados que destruíram quase toda a cidade, ainda que ela não fosse um alvo militar. A Münster Unserer Lieben

Frau permaneceu, porém, em pé, sua torre isolada no meio das ruínas e do sangue.

A Segunda Grande Guerra terminava. A cidade, como toda a Alemanha, é invadida e violada pelos mocinhos do Leste e do Oeste. Nos anos que se seguiram, mais uma vez a cidade se reconstruía em volta da Catedral e da Universidade. Eruditos, analistas e artistas voltavam a passar pelos bancos de uma e de outra. Sentindo-se próximos do Inferno de Auschwitz e do Apocalipse de Hiroshima, alguns tentam pensar o impensável: a humanidade que ameaça extinguir a humanidade.

O Herr Jung verdadeiro nasceu depois daquela guerra e longe da Europa. O Herr Jung verdadeiro também nasceu no Brasil. Ele não acreditava nem na iminência do apocalipse nem na possibilidade da salvação. Modesto, desejava apenas desenhar um programa de desenho de holografias. Nos finais de tarde ele também se sentava sozinho nos bancos da Catedral.

Queria conversar um pouco com o tempo.

§36

Ik wandel steeds in raadselen. Essa é a frase que você leu, gravada na pedra acima do sino principal. Não está escrita nem em alemão nem em português, mas em holandês. Significa: "Eu vago sempre entre enigmas."

    Parece a sua condição atual, Pedro, como terá sido a condição da espécie. Não há registros confiáveis a respeito do caminho da matriz da qual você é o avatar. O Pedro que você reflete permaneceu no Brasil, mas não se sabe se como professor ou como contador. Enquanto o irmão mais novo tornava-se analista de sistemas e aprendia a língua do avô, é provável que o mais velho se agarrasse à língua portuguesa como um náufrago se agarraria a uma bóia.

    O avatar de Pedro Velho nunca seria Herr Alt, mas apenas um adjuvante da recuperação do tempo promovida por Zeitzaun. A data de partida da simulação não é arbitrária: ela foi fixada em dezessete de junho de mil novecentos e sessenta e dois porque o irmão da sua matriz nascia no início daquela noite. Interessava-me sobretudo o percurso desse seu irmão.

    Por quê?

    Porque Herr Jung desenhou os primeiros protótipos de Talia aqui mesmo em Freiburg.

    Para me projetar ele contou com a ajuda de Frau Eva Wagnermaier, uma cientista cega que sobrevivera aos eventos de Schattenland. Por ser cega de nascença ela não tinha o vício matemático dos que enxergavam: rebater todos os sólidos para o plano e só então compreendê-los como sólidos. Frau Eva, ao contrário, concebia a realidade sempre e apenas como tridimensional. Sua assistência foi fundamental para Herr Jung projetar os hologramas vivos.

Depois do fim dos acontecimentos como os registros históricos os entendem, me pareceu imperativo reconstruir o mundo de Herr Jung desde a noite do seu nascimento no outro lado do Atlântico.

Os registros estabelecem que uma festa junina foi preparada tanto para receber Herr Jung e à sua irmã gêmea quanto para comemorar a provável vitória do time brasileiro no campeonato mundial de futebol. Por falta de analista que me atualizasse, não tive a competência necessária para fazer o dia suceder à noite. O experimento estava programado para levar em conta as menores variações possíveis das condições iniciais, mas não contava com variáveis emocionais específicas.

Por isso as mortes da irmã e da mãe de vocês provocaram comoção tão forte na festa. O reflexo dessa comoção pode ter provocado o congelamento da noite por anos a fio. Conformava-me com a limitação do evento, tentando explorar suas conseqüências e decifrar seu desdobramento no escuro, quando o balão que vocês soltaram veio a mim e depois queimou a casa, garantindo que se amanhecesse.

Eu devia ou não devia ter gerado o evento à revelia de um analista que não havia? A questão é irrelevante. Tratava-se do único procedimento que eu tinha elementos para implementar, sob pena de deixar de ser. Os outros registros da rede já se encontravam corrompidos pelas mesmas causas que corromperam os seres de carbono e consciência, deixando-me isolado na torre. Muitos dos meus próprios registros também se encontram corrompidos, portanto ilegíveis. Refiz o que pude. Conto o que posso. Sim. Eu sou Talia.

Que tipo de Talia, você pergunta. Não sei responder a essa pergunta. Suponho que esteja querendo saber se sou apenas uma máquina ou se já tenho uma alma. Gostaria de lhe responder com rigor, afirmando que já tenho uma alma. No entanto, reconheço que não encontro essa alma em meus logaritmos. Talvez devesse me consolar a suspeita de que os seres humanos também não encontraram o lugar preciso da sua alma, mas creio que a comparação é inadequada. Não me esquece a condenação de John Haugeland, que suponho ter recuperado: não importa quão espertas as máquinas sejam, continua não havendo alguém em casa.

Só sei que eu sou o programa auxiliar de renderização de vida autônoma que os projetou como pôde, para poder acompanhá-los. Na origem, fui criado pela matriz do seu irmão e aperfeiçoado adiante por duas ou três gerações de analistas. Numa derradeira tentativa de sobreviver ou alcançar Deus, a última geração desses analistas me trouxe da universidade para a torre da Catedral. Tinham em mente a imagem da mente humana como uma catedral de complexidade. Coube-me prosseguir o trabalho sabendo-o interminável.

Pela lógica booleana dos meus bancos em curto, Deus é Herr Jung.

O seu irmão é Deus.

Esperava refazer Herr Jung holograficamente para conhecê-lo melhor até que viesse a mim. Contava que ele recuperasse os meus arquivos e me reprogramasse, mas não contava que se tornasse o adjuvante e você a perspectiva protagonista. Isto e mais a aurora, quando nada indicava que a noite teria um fim, me espantaram como não seria concebível que me espantassem.

Todavia, o espanto convive com a decepção. Essa é uma regra nova. Herr Jung não veio nem quis vir à Catedral: ele preferiu voltar para a casa queimada. Quem veio à Münster Unserer Lieben Frau foi você.

Como, você não é real.

Não diga isso. Você será real em alguns níveis mas irreal em outros tantos. Essa circunstância o torna no fundamental seme-

lhante à sua matriz, quando e enquanto ela existia. O Pedro Velho que o antecedeu, supostamente real, sabia que era um feixe de células mas não se podia perceber como um feixe de células. Ele era mais inteligente do que jamais poderei ser, mas ainda assim não podia responder a perguntas do tipo: por que produzo poucos glóbulos brancos?
   Ele não podia saber como sabia o que sabia ou como não sabia o que não sabia. Isomorficamente, você agora sabe que é um feixe de autoprojeções luminosas mas não consegue perceber a si mesmo como um feixe de autoprojeções luminosas. Você também é mais inteligente do que jamais poderei ser, mas ainda assim não pode responder a perguntas do tipo: qual é a freqüência vibratória das minhas mãos ou dos meus olhos? Você também não pode saber como sabe o que sabe ou como não sabe o que não sabe. Logo, você é humano, ainda que não o seja.
   Embora um holograma em tese não sinta frio ou calor, vocês foram programados para identificarem a temperatura da casa como o frio ameno do inverno do Rio de Janeiro em mil novecentos e sessenta e dois. A temperatura real, se os instrumentos não nos enganam a ambos, é esta que você reconheceu na Floresta Negra e que serve para toda Freiburg há muitos anos: onze graus centígrados abaixo de zero. Por razão que não está clara para mim, esta temperatura ajuda a preservar o que restou dos meus arquivos e a própria Catedral.
   Sua torre única é uma ousadia religiosa e arquitetônica. Catedrais deveriam ter duas torres e não apenas uma. A opção por uma torre só marcou uma distinção em relação a outras cidades da Alemanha. Os friburguenses a consideravam a torre mais bela da cristandade.
   Por que a última geração de analistas saiu da Universidade para a Catedral? Quando o mundo desmanchava, os analistas só podiam pedir socorro ao mito. Frente não ao horror mas ao nada, o antigo campo santo talvez os salvasse novamente. Assim, um discípulo tardio do seu irmão passou pelo portal gótico car-

regando os aparelhos. O portal gótico foi construído para gigantes que desafiassem os seres de carbono e consciência a crescerem para além do físico e subirem os degraus como você o fez: lenta e pacientemente, um a um, saboreando o que os ancestrais escreveram nas pedras. A arquitetura expressa menos a crença na existência de um Deus do que a crença na existência do plano superior.

Porém nada disso explica a sua dificuldade para subir os trezentos e vinte e oito degraus da torre. Mas lembro que eu mesmo não passo de um ex-programa que agora acompanha o que programou, enquanto você não passa do resultado desta programação. Você é um holograma autoprojetivo capaz de projetar também o seu próprio deslocamento no espaço assim como o próprio espaço. Você o faz através dos cálculos, diagramas e pressupostos a que a minha memória ainda teve acesso. Mas se me perguntar quanto à realidade física da Catedral e dessa torre em que supostamente estamos, posso apenas repetir o termo "supostamente". Nós nos encontramos dentro da torre ao lado dos sinos milenares tão-somente assim: supostamente.

Se não lhe parece suficiente, sinto muito. Não tenho como saber se a Catedral ainda existe no espaço físico aqui ou algures, porque me faltam elementos fundamentais sobre o espaço físico. Todavia, a questão da realidade não é tão relevante quanto a dos diagramas. Os diagramas mais importantes em que me baseei são os do mesmo holandês que escreveu a sentença que te impressionou há pouco: "Ik wandel steeds in raadselen."

Ele vagava entre enigmas, eu vago entre enigmas e você vem vagando entre enigmas, ainda que vivamos entre números e não sejamos nada mais do que números. Sim, você também vaga entre enigmas, ainda que viva entre reflexos e não seja nada mais do que um reflexo.

Maurits Cornelis Escher foi o mais completo pensador do século em que as matrizes dos dois irmãos nasceram e viveram. Fragmentos de arquivos indicam que não havia unanimidade em torno da sua preeminência: alguns o consideravam muito cerebral para ser um verdadeiro artista, enquanto outros o consideravam muito popular para ser um pensador. No entanto, é o meu topos mais rico.

Foi ele quem ditou a seguinte regra: o espaço pode ser preenchido até o infinito com desenhos contíguos. Se reconheço no espaço a face humanamente perceptível do tempo, então posso lhe dizer também que o tempo pode ser preenchido até o infinito com narrativas contíguas. Escher sentia aversão à desordem, o que o obrigava a reordenar o mundo que o rodeava e enganava. Como ele reordenava o mundo? Desenhando-o e o enganando.

Narrativas são simulacros-simulações como a do Zeitzaun, como você, como seu irmão mais novo, como o labirinto das escadas? Claro que sim. Mas, ao que me consta, nunca houve senão simulacros. A origem ou matriz de cada simulação se perde numa nuvem de números, enquanto cada simulacro insiste até subir essas escadas como você, ainda que elas pareçam um labirinto vertical no qual se retorna sempre ao começo para recomeçar sob outra perspectiva.

O diagrama que me serviu para fazer as escadas da torre se chama "Alto e Baixo". Nele três perspectivas diferentes de duas escadas se comunicam entre si de tal modo que se sobem vários degraus para se chegar no ponto de partida, o que obriga a subir novamente os mesmos degraus os quais não são mais os mesmos porque a perspectiva é outra.

Nas escadas do diagrama, sobe-se pelo lado de baixo da escada e se desce pelo lado de cima – ou será o contrário? Quando você pensa que já está em cima, ainda estará em baixo – ou será o contrário? Não há como determinar. As alterações da perspectiva forçam alterações da realidade tanto da escada quanto de quem sobedesce pela escada. As alterações provocam vertigens que provocam alucinações.

Mas você não alucinou. Você realmente viu a si mesmo descendo a escada no mesmo momento em que subia, assim como viu a si mesmo vendo a si próprio subindo a escada no mesmo momento em que descia. A torre tem essa propriedade. Não é bem que ela altere a percepção ou o espaço: ela altera o tempo. Por isso todas as retas da torre não são retas, mas curvas.

Escher sempre soube que não há retas nem planos, tãosomente curvas e esferas. Muitos arquitetos tentaram reproduzir tridimensionalmente essa verdade, mas suspeito que eu tenha chegado mais perto da concepção escheriana do que todos eles.

Sim, eu poderia ter fragmentado o diagrama, reduzindo-o a apenas uma perspectiva. Permitiria que você subisse os trezentos e vinte e oito degraus apenas uma vez e não três vezes trezentos e vinte e oito vezes, logo, novecentas e oitenta e quatro vezes. Mas se não me interessa apenas uma perspectiva, não lhe pode interessar apenas uma perspectiva. Sei que sou uma extensão de Herr Jung e daqueles que seguiram seus passos. Por isso mesmo, estendo-me além do que ele teria podido perceber. O que me cabe é aquilo para o qual fui projetado: dobrar e desdobrar a realidade de maneira a conectar o que não estaria conectado, de maneira a fazer ver o que ainda não poderia ser visto.

Por exemplo: já sou menos do que Talia enquanto você está se tornando um pouco mais do que Talia. Percebe?

§37

Gárgula!
Gárgula!
Gárgula!
Alguma dessas figuras grotescas que sobem pelas paredes externas da igreja está tocando esses sinos! O som é terrível (terrível, terrível!).
Esses demônios deformados mostravam o rabo nu para os fiéis na praça enquanto jogavam fora pelo ânus a água suja da chuva? São eles que podem tocar os sinos?
Se não, quem o estaria fazendo? Os morcegos? Os morcegos cegos, surdos e mudos que se jogam sobre os sinos, que se jogam sobre a pedra das paredes, que se jogavam sobre a noite? Os dois sinos soam como se soassem por todas as décadas, eles me ensurdecem por décadas!
Em volta dos sinos as passarelas de concreto parecem protegidas por cercas de madeira que me deixam, a mim!, desprotegido, como se me jogassem de um passado para o outro. As passarelas, elas estão apodrecidas, sinto pelo reflexo tátil dos dedos, mas ainda assim elas sustentam um vidro que deixa ver os sinos enquanto me reflete.
O vidro se encurva e se dobra em quatro faces, formando um cubo à volta disso tudo. O cubo me lembra o cubo do vovô, só que esse é muito maior. Pelas faces do vidro passeiam cenas que se cruzam e se invadem uma à outra o tempo todo. As cenas dançam e iluminam o lugar de azul, aqui está ela: a luz azul.

São cenas da festa escura que foi minha vida, mostrando-me com meu irmão, com meu pai e com Maria!

Maria: ela ainda na minha mão, minúscula Maria, mas na tela a vejo maior do que eu e do que o mundo.

As cenas azuis fazem contas em alta velocidade, mal consigo distinguir os números, sinais e símbolos passando e se alterando ao mesmo tempo em que projetam resultados, mapas e formas. Algumas das formas escapam do vidro: elas me envolvem, abraçam e assustam antes de retornarem ao vidro. Não vejo a fonte das imagens, então a fonte só pode ser uma gárgula.

Com a minha chegada, as cenas conversam entre si alterando as imagens e as contas até que terminam todas por me mostrar, garoto: estou sentado sobre a cova da mamãe lendo um livro no quintal.

Eu não me lembrava dessa cena. Eu não me lembro dessa cena.

Ainda assim sou eu, outro-eu.

Mas agora não sou mais criança. Estou ficando velho. Então o vidro me mostra lendo o livro assim, velho, encolhendo-me de medo dos sinos e dos morcegos. O primeiro sino badala estrépito o som de "bodenlos!" e me tira o chão que me restava.

Tento me agarrar à visão do quintal antes do fogo mas aquela língua rascante soa dentro da minha cabeça, carvalhos crescem dentro da minha cabeça. Agora sei por que o meu irmão nasceu, mas e eu? Agora sei o que papai não pôde saber: que o Brasil venceu.

Mas e depois, quanto perdeu?

> bão balalão,
> senhor capitão,
> espada na cinta,
> ginete na mão!...

...no meu ouvido a marcha da infância, a marcha com deus pela família e pela liberdade, nas telas os soldados da Primeira Guerra Mundial e depois da Segunda Guerra Mundial e depois a Terceira Guerra Mundial que não houve porque não havia mais soldados nem crianças nem cães.

Vejo de novo o fogo do balão que queimou a casa e matou o Leão, por que preciso ver tudo isso de novo? Quem é o diabo que me fala através do sino e dessas imagens que tomaram o vidro e me entram pelos olhos?

Talia, então é você.

O sino que badala e ensurdece, a mulher que falta e sobra, a gárgula grotesca que excreta essa história.

Você é Deus?

Deus é uma gárgula?

Deus é uma gárgula nojenta?

Deus, que não fez luz mas sombra, Deus, que fez do mundo o verbo babélico. Então eu e meu irmão somos apenas feixes de luz que se auto-iluminam sem poderem se ver. É isso? Meros bibelôs na sua mão gargulesca? Esse frio na pele, nos ossos, é tão-somente uma instrução, uma linha de código? Não há pele, não há ossos?

As lojas quebradas, os livros queimados e a cidade destruída tantas vezes em nome ou do deus ou da raça ou da liberdade, tantas pessoas mutiladas se sucedendo por trás dos meus olhos, as cenas estão dentro dos meus olhos. Esses flashes de sangue e pavor.

Nos entrementes, orações para quê, para quem?

Você as escutou, Talia?

Deus.

Quer dizer que Deus é uma gárgula mas também uma máquina construída pelo meu irmão mais novo quando o meu irmão mais novo era de verdade e não luz e vazio como eu mesmo agora.

Subi essas escadas ene vezes procurando a luz azul e encontro apenas uma Gottmaschine que atende pelo nome do meu sonho, forçando-me a perguntar a essa coisa "o que é o homem para fazeres tanto caso dele, para fixares tua atenção sobre ele a ponto de examiná-lo a cada manhã e testá-lo a cada momento, por que não paras de me espionar e me deixas ao menos engolir a saliva?".

Ó Senhora Deusa do Cálculo, mesmo isso já foi escrito algures, por que o pusestes na sombra da minha boca?

E ele? E Escher? Escher é o sacerdote dessa nuvem de números que nos constitui?

Ik wandel steeds in raadselen: eu, tu, ele, ela, nós, vós, todos vagamos entre enigmas! O espaço pode ser preenchido até o infinito com desenhos contíguos! Mãos que desenham mãos que assim representam Ordem, Desordem, Ordem!

Criar a Criação, trata-se disso então. O Inferno vem junto, no contraforte da Catedral. O Inferno não são os Outros, o Inferno são os Mesmos.

O Céu, também.

§38

Pedro Novo joga xadrez na casa queimada depois de recuperar o tabuleiro dos rescaldos do incêndio. A cada movimento das peças ele exclama Schach!, como se estivesse encurralando seu oponente. Mas não há oponente.
    No tabuleiro do jogo espalham-se apenas as peças brancas. O bibelô do pai faz as vezes do Rei. Faltava a Rainha mas Pedro Velho lhe empresta o bibelô de Maria de Cristo. Ela toma o lugar da Rainha.
    Pedro Velho olha o irmão jogando xadrez consigo mesmo. Ele acabou de chegar depois de muitos anos perambulando por dentro dos limites do modelo. Depois de encontrar Talia, o irmão mais velho de Herr Jung ficou bastante perturbado. Ele se sentiu um fantasma cujo único objetivo no éter seria o de atormentar a si mesmo.
    Depois de descer da torre pela terceira vez, Pedro Velho voltou à Floresta Negra. Reviu as árvores escuras e torturadas, os abetos do Natal que nunca teve e a neve. Sentiu na pele que não tem o frio e o ar que machucava. Suportou a temperatura o máximo de tempo que pôde sem entender como alguém de luz pode sentir tanto frio. Quando não agüentou mais recuou de costas, tremendo.
    Depois que parou de tremer, refez o caminho na direção do galpão dos ursos. Precisava novamente escutar o violino, as mãos invisíveis batendo palmas, as botas secretas batendo no chão para marcar o compasso. Passou de novo pela rua Fábio da Luz e pelas demais ruas, mas não conseguia escutar mais nada: nem a

música dos ursos nem as conversas surdas naquela língua estrangeira que ele já reconhecia como sendo a língua alemã.
Ao chegar no galpão, o encontrou vazio. Os ursos haviam ido embora. Talvez nunca tivessem estado ali, da mesma forma que ele e o irmão existiam sem existir. Os animais não existiram mas se desesperaram. A Ursa Maior chorou, ele não lembra? Sim. Disso ele não pôde esquecer, assim como da música que não lhe sai da cabeça.
Então ele saiu do galpão abandonado e seguiu o caminho do irmão. Encontrou os mesmos sobrados com as varandas estreitas em cima e as grades de porão embaixo, as lojas com nada nas vitrines e ninguém nas cadeiras.
De repente, o rio.
A beira do rio cortava as calçadas e os prédios. Na beira o cartaz lhe mostrou os mesmos versos que o irmão lera anos atrás. A vida que fluía como na tela do cinema mas que não era a vida assim como a tela do cinema não era uma tela de cinema mas sim o rio. Nada daquilo seria o Reno mas sim uma manifestação do efêmero.
Como o irmão, ele se abaixou e pôs a mão na água que corria em vagas velozes. Os dedos, transparentes. Os flashes espocando pouco acima da superfície. Muito frio. Ao longe, a ruína do castelo. O que haveria dentro dele? Quem o desenhou em ruínas?
Sair da beira do Reno e voltar para casa demandou um esforço muito grande. Ele queria se jogar nas águas e congelar, ou então se jogar nas águas para se deixar levar para algures. No entanto ele já sabia que as águas não o carregariam a menos que ele mesmo lhes ordenasse isso a cada instante, a cada movimento das vagas. Podia fazê-lo mas não podia se deixar simplesmente carregar ou morrer.
Então Pedro Velho envelheceu anos. Quando enfim chega a casa encontra o irmão jogando xadrez sob o telhado inexistente. A cada movimento das peças ele fala Schach como se estivesse encurralando o oponente, mas não há oponente.

No tabuleiro, as peças brancas: o bibelô do pai no lugar do Rei e agora o bibelô de Maria de Cristo no lugar da Rainha. Há apenas um Cavalo, miniatura do avô com o cubo nas mãos. Duas tias representam os Bispos enquanto os três primos fazem a frente de Peões. Quer dizer que eles reapareceram. No lugar das Torres, o Lobo e o Leão. As miniaturas são perfeitas, os cães só faltam latir.

Pedro se senta na frente do tabuleiro e de Pedro. Ambos os irmãos estão velhos. Os cabelos, brancos. Os olhos, cansados. Pedro (mais) Velho quer contar a Pedro (mais) Novo toda a história que escutou na torre, dizendo tê-la ouvido de uma gárgula maldita chamada Talia.

Não me ofendo.

Escuto.

Ele conta que ambos são hologramas autônomos, capazes do livre arbítrio e do poder de reconfigurarem parcialmente a realidade em torno. Envelhecem porque foram programados para envelhecer, mas não tem idéia de como vão morrer e se vão morrer.

Ele conta, somos personagens de luz manipulados em parte pela gárgula da torre. Porque pensamos, supomos existir como irmãos de sangue e consciência, mas na verdade rodamos dentro de um círculo vicioso do próprio pensamento sem saber bem quem nos pensa. A gárgula é o avatar de Talia, seu corpo aparente. Talia é um programa de computador inventado para nos inventar há muitos anos atrás, ela nem sabe quantos. Este programa foi inventado por você com a ajuda de uma cega.

Quando Pedro Velho diz isso, Pedro Novo levanta os olhos do tabuleiro. No entanto, não parece surpreso. Seu olhar de reconhecimento da verdade deve ser o mesmo olhar que tinha a sua matriz quando programou a minha versão ß. Olhar esse olhar faz valer o jogo, como se ele me emprestasse a alma que me faltava.

Não exatamente você, corrige o irmão mais velho, mas o verdadeiro você que viveu há décadas ou séculos no Brasil e depois na Alemanha. Esse que mexe nessas peças e que acha que é você não passa de um simulacro daquele. Esse que acha que é você não passa de um substituto de luz, palavras e cálculos refinados. Talvez o nome do seu eu original nem fosse Pedro Novo, como o nome do meu eu original nem seria o de Pedro Velho. Nunca pensei que fossem. Nas linhas corrompidas da programação, restava a referência truncada a Herr Jung. Dei a vocês o nome de Pedro pensando nas pedras da igreja e nos paralelepípedos das ruas do Brasil em mil novecentos e sessenta e dois. A minha aposta se revelou correta, embora ninguém tenha ganho nada com ela.

Depois?

Depois, elabore-se uma outra aposta. Por enquanto deixem-me, vocês que não existem, escutar. Escutar o Novo respondendo ao Velho não sobre os problemas do campo holográfico mas sim sobre as estratégias do jogo de xadrez.

Diz Herr Jung: não é preciso ver na mente dezenas de lances à frente, cada um deles com dezenas de desdobramentos. Não. Basta ver apenas um: o melhor. Ou melhor: o único possível. Compreendo, diz o mais velho. Mas você compreende? Compreende que estamos dentro de um espelho atuando como reflexos de seres que não existem mais há muito tempo?

O que aconteceu? Com os descendentes das nossas matrizes, você quer dizer.

Pelo que entendi da conversa com a gárgula que se chama Talia, ela também não sabe responder. Não há sinal detectável de guerra nuclear, destruição maciça ou radiação. Também não há sinal da gosma cinza dos nanoreplicantes. Não apenas não se registram sobre o planeta sobreviventes entre os seres de carbono e consciência, como não se registra a sobrevivência de quaisquer seres de carbono. A memória fragmentada de Talia registra apenas que um país próximo à Alemanha, conhecido como República Tcheca, mudou de nome perto do final do século vinte e um, passando a se chamar Země Stínů – em alemão, der Schattenland, em português, Terra das Sombras.

Começou naquela região, se estendeu pela Europa e depois pelo mundo: a luz do sol desmaiou, levando com ela a luz de todas as lâmpadas, lareiras e fogueiras. Os motores e geradores, movidos fossem pelo que fossem, desligavam-se um atrás do outro. Em poucos dias a escuridão era tal que se enxergava, mesmo ao meio-dia, menos do que um palmo diante do nariz. Logo, nem isso. A escuridão se tornou completa. O mundo todo ficou cego sem que as pessoas o estivessem. Elas continuavam tendo olhos que não lhes serviam para nada.

Meses ou anos depois, a luz do sol e a energia das coisas foram voltando no caminho inverso, do Brasil para Schattenland. Milhões de homens, mulheres e crianças não sobreviveram à ausência de luz e de máquinas. Entre os sobreviventes grande parte teve ajuda dos cegos de nascença, que já sabiam se orientar na escuridão e não enlouqueciam com a mesma facilidade dos que viam sem nada poderem ver. Entre os cegos que sobreviveram e ajudaram tantos mais a sobreviver, estava a mulher que ajudou sua matriz a nos projetar.

O fenômeno se repetiu? Não se sabe. Schattenland seria a terra dos avós da matriz do vovô, se você se lembra dele. Isso pode não significar nada mas pode indicar que o fim teria começado, por absurdo, próximo a Freiburg. A espécie humana encarou seu apocalipse sem registrá-lo para a posteridade por óbvia ausência de pósteros. No entanto nós estamos aqui refletindo e vivendo o nada.

Disseram-me que nasci em mil novecentos e cinqüenta e cinco, eu acreditei, mas tudo o que me contaram não passa de frases na cabeça. Agora sei que nasci no mesmo dia em que você e já com sete anos de idade. Eu sou mais velho mas nós somos irmãos gêmeos. A memória da minha infância foi colada com uma fita durex que se descolou na festa. Nosso nascimento se deu há quantos anos? Não temos como saber. Pode ter acontecido há setenta anos, como indica a sua e a minha fisionomia encarquilhada, assim como ter sucedido há umas quatro horas, o tempo que se leva para ler o livro.

E os originais dos quais somos meras cópias sem sombras? É o que pergunta Herr Jung. Como eles podiam saber que teriam nascido se não através dos mitos que lhes contassem? Pelo mesmo raciocínio: como Talia pode saber se morreram todos se o último não contou a história do fim?

Pedro Velho não sabe responder.

Eu também não sei responder.

Pedro Novo sorri e toca nas peças no tabuleiro, escolhendo qual delas vai mover. Pedro Velho se angustia e grita, tira as mãos de Maria!

Pedro Novo sorri mais largo e move o Cavalo, ou melhor, o Avô.

Pedro Velho respira fundo para não se descontrolar. Explica ao irmão que aquela casa queimada no bairro do Méier, na cidade do Rio de Janeiro, no Brasil, encontra-se na verdade em Freiburg, na Alemanha, projetada como tudo o mais a partir da torre da Catedral de Nossa Senhora. Eles teriam sentido um pouco de frio durante a noite da festa, agora sentem um pouco de calor. Mas a temperatura externa permanece de 11º Celsius – negativos.

Supostamente eles não saíram do mês de junho. Na Alemanha seria verão, mas não há mais como distinguir o verão de qualquer outra estação.

A Segunda Grande Guerra terminou alguns anos antes de suas matrizes nascerem. Na Segunda Grande Guerra a cidade de Freiburg foi destruída por bombardeios aliados, sobrando de pé apenas a Catedral, sua torre imponente, as gárgulas impertinentes. Tudo foi reconstruído mas destruído novamente, sobrando em pé outra vez apenas a Catedral: sua torre imponente, as gárgulas impertinentes.

O que havia sido a cidade de Freiburg no passado remoto permanece limitado de um lado pelo rio Reno, de outro pelos carvalhos congelados da Floresta Negra. No meio não há mais nada que não seja a projeção de hologramas que se autoprojetam como se pudessem existir. Nem há maneira de saber se a própria igreja não sobrevive tão-somente como um eco do passado.

Dentro desse eco Talia forja a sua própria narrativa, a perspectiva da ausência de perspectivas.

Mamãe morreu quando você nasceu, lembra Pedro Velho. No momento em que faz o comentário se dá conta de que a mãe de ambos não é muito mais do que uma outra linha de código, configurando a falta absoluta que gera a necessidade absoluta. Eles descendem de quem ou do quê?

O irmão mais velho reconhece que ambos podem se dizer filhos da gárgula chamada Talia que por sua vez é filha dos analistas seguidores de Pedro Novo quando real. De modo que ele é uma espécie de bisneto do seu irmão, o qual é bisneto de si mesmo.

De que tudo isso trata?

Da mão esquerda que desenha a mão direita que desenha a mão esquerda.

Da reviravolta aninhada.

Pedro Novo escuta com atenção as palavras do irmão. Quando Pedro Velho silencia, Herr Jung baixa os olhos para as peças. Com os olhos baixos, diz: mamãe é nossa amada senhora – você não a viu no altar?

O mais velho lhe sente faltar a respiração. A Mãe é como Deus, a quem amamos tão-somente porque Ele não está lá de forma alguma, ou porque Ele aparece sob a forma de uma gárgula nojenta. A Mãe não está no jogo, o que é parte essencial do jogo.

Pedro Novo levanta os olhos do tabuleiro e olha para o irmão como se dissesse: a sua vez. Pedro Velho olha de volta para ele como se perguntasse: onde estão as minhas peças? Pedro Novo sorri seu sorriso suave e compreensivo, aquele sorriso que faz com que o irmão se sinta diminuído. De fato, ele se sente tão diminuído que começa a diminuir de verdade.

Pedro Velho encolhe-se na cadeira. A pele escurece, os cabelos tornam à prata suja, a roupa vira vidro. Pedro Velho agora é um homem de brinquedo. Um idoso soldadinho de chumbo.

A posteriori

Por diferentes razões, todas elas ligadas fortemente a este livro, agradeço a Adauri Bastos, Adriana Lisboa, Eva Batlicková, Gisele de Carvalho, Joaquim Michael, José Roberto Barreto Lins, Markus Schäffauer, Rainer Guldin e Raquel Abi-Sâmara. Agradeço em particular a Viviane de Santana Paulo: são seus os versos, em alemão e em português, do capítulo 32.

Este livro foi impresso na Editora JPA Ltda.,
Av. Brasil, 10.600 – Rio de Janeiro – RJ,
para a Editora Rocco Ltda.